결

정택진 소설

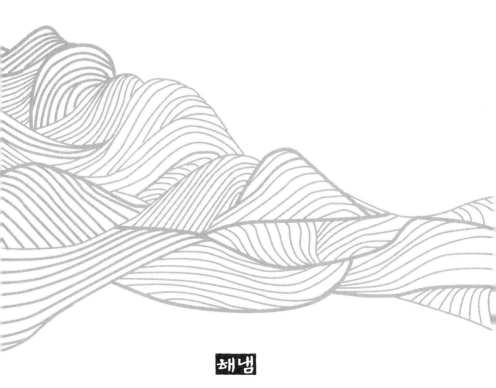

해냄

| 차례 |

※ 일러두기: 한글과 외래어 표기는 국립국어원 표준국어대사전 표기법에 따르는 것을 원칙으로 하였으나,
일부 어휘의 경우 현장감을 살리기 위해 방언을 그대로 살렸습니다. 149~157쪽 참조.

배, 까파지다

"아야! 배 까파지겄다! 뛰내레라!"

수열이 갑판을 향해 다급하게 소리친다. 안 그래도 배가 기우는 듯해 엉거주춤 일어서던 치영이 눈을 휘둥그리며 뒤쪽의 수열을 쳐다본다.

"배 까파진다께! 언능 뛰내리라고!"

수열이 다시 소리치며 바다로 풀쩍 뛰어내린다. 그제서야 상황을 알아차린 치영이 정삼의 뒷덜미를 잡아채 끌며 바다로 몸을 던진다.

빗물 머금은 돌을 빗디뎌 모들뜨기로 펄썩 자빠지는 소처럼, 중앙분리대를 들이받고 옆으로 털썩 드러눕는 작은 버스처럼, 배는 왼쪽 옆구리를 드러내며 모로 자빠져간다. 그러더니 눈 깜짝할 사이에 할딱 뒤집혀, 끝내는 엎어놓은 바가지처럼 등딱지를 보여버린다.

바다에 뛰어든 세 사람은 손발을 놀리며 그 광경을 지켜보고 있다. 한참을 그러고 있던 세 사람은, 배가 안 가라앉는 걸 확인하고는, 배로 다가가 귀를 잡고 발을 놀린다. 배쌈을 따라 고물 쪽으로 옮겨온 수열이 먼저 엎어진 배 위에 시부저기 기어오른다. 수열은 얼굴의 갯물을 쓸어내리고는, 타이어처럼 생긴 보건대를 잡은 채 발을 놀리고 있는 치영의 손을 잡아당겨준다. 뒤이어 정삼의 손도 잡아 올린다.

뒤집힌 배에 오른 정삼은 핸드폰부터 꺼내본다. 화면이 죽어 있다. 툭, 쳐보지만 화면은 안 열린다. 전원단추를 눌러봐도 마찬가지다. 젖은 옷에 닦은 뒤, 입으로 후후 불어보고는, 정삼은 다시 핸드폰의 전원단추를 누른다. 반응이 없다. 손바닥에 탁탁 쳐보지만 역시 그대로다. 배터리를 빼내 옷에 닦은 뒤 다시 끼우고 눌러본다. 여전히 먹통이다.

"핸드폰이 맛이 갔네라."

정삼은 고개를 갸웃거리며 핸드폰을 주머니에 넣는다.

치영도 핸드폰을 꺼내 폴더를 열어본다. 화면이 꺼져 있다. 핸드폰을 무릎에 탁탁 치고는 다시 열어보지만 내나 그렇다. 배터리를 뺐다 다시 끼우고 전원단추를 눌러봐도 변화가 없다.

"에이, 병신새끼!"

치영은 안갯속으로 핸드폰을 던져버린다. 폭, 소리를 내며 핸드폰은 바닷속으로 가라앉는다.

그사이에 수열은 다시 바다에 뛰어들어 있다. 이리저리 헤엄치며, 배에서 흘러나온 물옷이며, 줄 달린 물공이며, 사려진 밧줄 고팽이를 잡아 올린다. 치영이 그것들을 받아 엎어진 배 위에 놓고 발로 눌러 밟는다. 물건들을 건져 올린 수열은 배 밑으로 잠수해 들어가더니 한참 있다 물 위로 솟아오른다. 치영이 수열의 손을 잡아 올려준다.

"닻줄이 풀레삤어야. 닻을 놔야 배가 안 밀릴 건데."

수열은 배 밑으로 들어가 닻줄을 찾았던 모양이다. 그런데 배가 뒤집히면서 닻줄도 풀려 닻을 따라가버린 듯하다.

"닻 없으믄 배가 금방 밀릴 건데."

수열은 고개를 찌웃짜웃한다.

엎어진 배의 등딱지는 반 토막을 친 상괭이 같다. 이물 쪽은 입처럼 좁고, 고물 쪽은 배래기처럼 넓다. 앞쪽에서부터 수열, 치영, 정삼이 한 줄로 쪼그려 앉는다.

"워매! 이것이 뭔 일이다냐!"

황당하다는 표정으로 수열이 사방을 둘러본다.

"아따, 새끼! 내나 배 까파지겄다 하께로는."

치영이 퉁을 준다.

"그냥 들어가자니까 고집 부리더니만……."

정삼도 한마디 하더니 무릎을 꿇고 손을 모으며 기도하는 자세를 취한다.

"줄 짤르는 거이 아니었는디."

수열은 안개만큼이나 짙은 한숨을 뿜어낸다. 참 지랄같이도 돼 버렸다.

모처럼 친구들이 모였으니 안주감이나 잡아보자며 재미 삼아 나온 낚시였다. 아침을 서둘러 먹고 배를 타고 나와 낚싯대를 펼쳤지만 고기들은 입질도 안 했다.

"아따, 감질나서 못하겠다. 수열아, 고대구리 한 방 끗자!"

성질 급한 치영이 짜증 섞인 소리를 하며 낚싯대를 거두어 올렸다.

"야, 임마! 볼락이라도 한 마리 낚고 그런 소리 해라."

치영을 돌아보며, 벌써 알아봤다는 듯 수열이 지청구를 했다.

"뭔, 입질이 와야 그래도 해본단 말이."

낚시를 그만하겠다는 듯 치영이 대를 기관방 위로 걸쳐놓는다.

수열도 사실 낚시하고 싶은 마음은 없었다. 그물을 던져도 겨우 반찬거리밖에 안 드는 요즈음이었다. 그러니 낚시야 안 던져봐도 뻔했다. 그래서 아예 처음부터 그물을 끗서 안주감 몇 마리 잡고 후딱 들어가고 싶었다. 그런데 배를 대절한 정삼이 낚시를 하고 싶대서 할 수 없이 그러기로 한 것이다.

"정삼아, 안개도 올라오는데 그냥 그물 한 방 끗고 들어가자."

수열이 움직일 낌새를 안 보이자 치영이 정삼을 부추겼다.

"아무래도 안개가 심상찮다. 그냥 들어가는 것이 안 나을까?"

정삼도 낚싯대를 걷었다. 정삼의 눈길은 안개가 스멀거리는 여서도 쪽에 가 있다.

"아따, 여기까지 나와서 어떻게 그냥 가야. 아무리 그래도 기름값 아까운데 안주감은 잡아갖고 가야제. 수열아, 고대구리 한 방만 끗자고!"

치영이 다시 수열을 족대겼다.

품을 들여 배를 끌고 나와 빈손으로 들어갈 수는 없는 일이었다. 그것은 농부가 나락을 베러 갔다가 낫이 잘 안 든다며 낫질 한번 안 하고 허털허털 돌아오는 것이나 마찬가지다. 낫이 안 들면 돌에라도 낫을 벼려 나락을 베고 와야 하는 것이 농부의 자세다. 어부가 배를 띄워 바다에 나왔으면 작살을 들고 물속을 뒤져서라도 반찬거리는 꿰들고 들어가야잖겠는가. 그것이 어부의 체면이다.

"선장, 한 방만 끄서 보세. 그래도 안주감은 잡아가야 안 되겠는가?"

치영의 말투가 사정조로 바뀌어 있다.

그래서 낚시로 시작된 것이 그물로 옮겨 가게 되었다. 낚싯대를 거두고 투망을 시작하자 마치 기다리고 있었다는 듯 안개가 밀려들었다. 계절처럼 찾아오는 게 봄 안개였다. 때가 되면 안개는 봄기운에 겉묻어 스멀스멀 밀려와 푸르른 이랑을 흘러 보리를 패게 하고는, 보리이삭에 보드라운 살결을 스치우다가, 보리가실 끝난 논에 심어진 모가 무릎만큼이나 자라서야 몸을 빼 어디론가 제 길을 흘러갔다. 해서 익숙도 했고, 해 난 뒤의 안개여서 잠

간 그러다 숙지려니 했다.

그물을 다 놓고 이제 끄서 보려는데 배가 시난고난했다. 그물을 차고 앞으로 나가며 바닥을 쓸어야 할 배가 디딤발을 못 떼고 허숭대는 것이다. 조속기의 레버를 밀어 속력을 높여봐도 배는 콧김만 심하게 불어대며, 말뚝에 고삐 묶인 말처럼 제자리걸음만 해댔다. 바닥에 펼쳐진 그물이 바다 밑의 바위에 걸렸든가, 뻘을 잔뜩 보듬고 있든가 둘 중의 하나였다. 롤러를 돌려 그물을 당겨보니 끌려오기는 한다. 걸이 걸렸다면 달싹을 않을 터인데 조금씩이라도 움직이는 걸 보면 뻘이 잔뜩 든 모양이다. 바닥을 훑고 가는 저인망이라 가끔씩 있는 일이다. 안개까지 무섭게 밀려오고 있으니 어장은 틀린 듯했다. 그물을 빼서 들어가야겠다. 수열은 롤러로 끌줄을 감아올려 고물 양쪽의 나무말뚝에 훌쳐 묶었다. 바닥으로부터 그물을 띄워 천천히 끌고 가며 뻘을 털어내려는 의도였다.

"어째 배가 빌빌대는 것 탁다."

낌새가 이상한지 갑판에 있던 치영이 고물로 걸어와 수열을 쳐다본다.

"그냥 들어갈 건데 그랬는갑다야. 들이란 개이는 안 들고 뻘만 마이구리네라."

쓰거운 표정을 지으며 수열이 뒤타락 너머를 바라본다. 고물 양쪽 나무말뚝에 묶인 두 개의 끌줄이 바닷속으로 팽팽하게 뻗어 있다. 그 줄을 따라 백여 미터 가면 두 개의 판때기가 시골 정재문 두 짝을 활짝 열어놓은 모양처럼 날개를 펴고 있다. 그물을 양 옆으로 넓게 벌려주는 '정재판'인데, 시골 정재문과 닮았다 해서 붙여진 이름이다. 거기서 백여 미터 뒤에 그물이 묶인다. 그물은 앞에 달려 있는 정재판에 의해 넓게 벌려져 큰 후리를 만들고, 후리는 바닥을 훑고 가며 잔챙이 큰챙이 안 가리고 쓸어담는다. 잔챙이는 잡지 말아야 하는데 그물코가 인정사정없이 촘촘하니 어쩔 수 없다. 그래서 불법이다.

"배 까파지는 거 아니냐?"

브리지 옆의 타락에 선 치영도 뒤쪽을 바라보고 있다.

"새끼, 재수 없는 소리 하네."

안갯속에 단속선이 뜰 리 없는 데도 수열은 습관적으로 좌우를 둘러본다.

"작년에 안 봤냐? 그 징한 태풍에도 안 까파진 놈이여 임마. 주인 실코 논 가운데로 들어가는 누구네 차같이 헹펜없는 놈인지 아냐?"

수열이 웃으며 대거리한다.

수열네 집에서 술을 제법 마시고는, 그렇게 안 된다고 말려도 고집 센 뿌락지처럼 기어코 차를 몰고 집에 넘어가던 치영이었다. 아니나다를까, 급하게 돌치는 산모롱이에서 핸들을 못 꺾어, 한 번은 막 모내기를 끝낸 올챙이들 놀이터에, 또 한 번은 낼모레 가실할 누런 나락논에 들어앉았던 적이 있다. 아침에 연락을 받고 가 차를 당겨준 사람이 수열이었다. 차가 길에 나올 때까지도 치영은 피곤한 트랙터 주인이 되어 운전석에서 곤히 자고 있었다. 그 일은 내내 치영을 놀리는 희영수거리가 되었다.

"씨발놈, 써금써금한 배 한 척 갖고 잘난대끼하기는."

치영이 브리지 쪽으로 몸을 숙이며 담배에 불을 붙인다.

"겁난다야. 대충 걷어 들어가자."

정삼도 불안한지 뒤쪽으로 걸어온다.

"아야, 언능 그물 빼라, 들어가자. 짜꿋하믄 사람 잡겄다!"

치영이 담배연기를 뿜으며 수열을 재촉한다.

"알었으께 앞에 가서 가만있어라. 설렁거리지 말고."

한참을 끌어도 그물이 가벼워지지 않는다. 그렇게 해서는 한나 절 걸려도 뻘을 못 털어낼 성부르다. 급한 마음에 수열은 특단의 조치를 취하기로 한다. 한쪽 끌줄을 잘라 그물을 기울여 한번에 털어버리는 것이었다. 배를 천천히 끌고 가는 게 체를 치듯 조금 씩 털어내는 수라면, 줄을 잘라 그물을 기울여버리는 것은 체를 뒤엎어 탁 털어버리는 방법일 수 있었다. 왜 세상없이 쉽고 간단 한 그 방법을 생각 못 했을까. 수열은 이마빡에 두어 번 주먹손 을 먹였다.

수열은 롤러를 돌려 줄을 더 감아올렸다. 그물이 바닥에서 완 전히 떨어져야 한번에 시원스레 비워질 것이었다. 뻘의 무게 때문 인지 배가 뒤쪽으로 조금 갸우듬해졌다. 앞쪽은 살짝 들렸을지 도 모르겠다. 좀 무리다 싶었지만 파도가 자니 크게 걱정할 건 아 니었다. 이제 한쪽 줄을 잘라 그물을 기울이기만 하면 된다. 수열은 장두칼을 들어 왼쪽 나무말뚝에 묶인 끌줄을 힘껏 내리쳤다. 핑핑하던 줄이 팽, 하고 튕기더니 바닷속으로 빨려들어갔다. 굴착기의 바가지가 탁, 엎어지며 한번에 흙을 털어버리는 느낌이었다. 그런데…… 맙소사! 배가 기울기 시작한 것이다. 마치 줄 자르는 걸 고동으로 기다린 듯 오른쪽 아래에서 무엇인가가 사정없이 배를 당겨 내린 것이다. 바가지를 엎어 흙을 털면서 굴착기가 벌렁 자빠져버린 격이었다.

줄이 잘리자 그물 한쪽이 아래로 처져 내린 건 맞았다. 그런데 뻘이 한번에 털리지 않고 그물에 담긴 채 아래로 흘러내린 것이다. 배의 무게중심은 급작스레 오른쪽 고물로 쏠렸고, 배는 급격히 그쪽으로 기울었다. 그물이 바닥에 닿아 있었으면 더 당겨 내릴 게 없으니 줄을 잘라도 배는 그대로 떠 있었겠지만, 바닥에서 그물을 당겨 올린 상태인지라, 뻘이 가득 찬 그물이 아래로 당겨 내리자 순식간에 배가 홀딱 뒤집혀버린 것이다.

손발을 놀려 물에 뜬 채 까파지는 배를 보며, 수열은 귀에 못이 박이도록 들었던 아버지 말씀을 떠올렸다.

"아들아, 배는 결을 타야 쓴다. 그래야 안 까파진다. 아무리 큰 뉘라도 결을 타는 배는 못 까파뜨리니라. 그러니 결을 타고 올랐다 결을 타고 내려와야 하느니라. 그것이 배의 이치고 세상살이의 이치니라. 알았지야, 아들아. 한년 결대로 살어야 쓴다. 맹심해라이."

하지만 이미 소 잃은 외양간이고, 엎어진 물동이고, 죽은 자식

고추 다러보기다. 결을 못 탄 배가 까파지고 있는 것이다.

"보시오, 선장님! 배는 결을 타야 한다 안 합디여! 근데 왜 그랬습디여? 끌고 가면서 천천히 털어내믄 될 것인디 뭐가 급하다고 줄을 짤렀습디여. 긍께 이 꼴이 돼부렀지라우. 안개 궂은 바다에서 살아날 방법이 있을지 어쩔지는 모르겄소마는, 해나 살아나거든 앞으로는 결을 잘 타시요이. 그러시요이."

하면서 말이다.

그 무거운 것이 덮칠지라도

"미쳐불겄구마이. 이걸 어채야 쓴다냐?"

안개는 해미로 변해 네둘레는 회색의 벽을 둘러쳐 어디가 어
디인지 가늠이 안 된다. 띠섬 앞에서 두억도를 보고 그물을 끄섰
으니 앞쪽에 무언가 보일 만도 한데, 보이는 건 그믐의 어둠 같은
안개의 장막뿐이다.

"어찌긴 어째야! 인자 뒤지는 수백이 없겄구만."

비에 쫄딱 젖은 쥐 꼴새의 치영이 사방을 둘러보며 씨부린다.

"이거 참 깝깝하시. 안개나 잔 안 꼈으믄 어찌 해보겄구마는."

말 그대로 오리무중이다. 바로 옆으로 단속선이 지나가도 안
보일 만큼 안개는 짙어져 있다.

"아따, 동근이 말을 들을 건디 그랬네라."

어장 나가자며 아침에 전화를 걸었을 때 동근은 별로 탐탁지 않아 했다.

"사리 때라 물이 너머 시것는디. 안개도 짙을 것 탁고."

"여서리 쪽에 쪼금 낀 거 보께 괜찮할 거여. 정삼이랑 치영이랑 안주거리 잡으러 가께 자네도 배 끌고 나오드라고."

동근은 배를 타고 건너야 하는 진섬에 살고 있다.

"에지간하믄 어판장에서 양식 사다 묵제 그라까. 물때도 안 맞는데."

영 구미가 안 당긴다는 투였다.

"새끼, 가시내처럼 겁은 많기는. 너 같으믄 오랜만에 동무가 왔는데 냄새 나는 양식 사다 믹이것냐? 쩨찌하게 굴지 말고 이따 띠섬 앞으로 나온나이!"

'가시내'처럼 '쩨찌하다'고 염장을 지르기는 했지만 사실 수열도 썩 내킨 것은 아니었다. 정삼이 낚시를 가자 해서 배를 띄우기는 하지만 맹탕일 것이 뻔했다. 수온이 안 맞는지 고기들이 섬 가까이에 안 들어와 있었다. 안주감이라도 잡으려면 그물을 끄서야 할 텐데, 사리가 시작되는 다섯물이라 물때도 안 좋았다. 꼴새로는 안개도 제법 밀려들지 싶었다. 이런저런 것들이 배를 띄우기에 안 맞아 마뜩찮아 하면서도 수열은 배를 띄워야 했다. 요즘 수열의 형편이 '찬밥 떤밥' 가릴 입장이 아닌 것이다.

수열은 두 딸이 대학생이고 막내아들이 고등학생이다. 아내와 어장을 해 대학생 둘을 공부시키는 것은 애시당초 무리였다. 옛날처럼 물 반 고기 반이어서 그물을 던지는족족 물칸을 그득그득 채워도 힘들 판인데, 고기는새레간에 폐그물에 비닐 쪼가리나 건져올리고는 허털허털 돌아오기 일쑤니 갈수록 막막할 수밖에 없었다. 그런 부부의 부아라도 돋우듯 등록금은 갯물에 뛰는 숭어처럼 매년 불쑥불쑥 솟구치기만 했다. 등록금 철만 되면 몇날 며칠 농협에 찾아다니며 손이 발이 되도록 사정해 대출금으로 마감날짜 맞추는 게 그 조금 바다에 나가는 대신 수열이 하는 일이었다.

　그냥 실업계 고등학교를 보내든가, 대학을 보내더라도 이년제를 보낼 걸 하는 후회도 여러 번 했다. 서울에 있는 좋은 대학 나와도 취직이 별따기라는데 후줄근한 지방대학 나와서 오죽하랴 싶었다. '기나 고동이나' 말미잘이나, 개똥이나 소똥이나 말똥이나 다 대학생이니 비집고 들어갈 틈이 없을 것은 당연했다. 옛날 같으면 고등학교 졸업하고 직장에 들어가 저저금 밥벌이할 애들을 괜히 대학물 먹여 잔뜩 바람만 넣어놓으니 힘든 일에 달려들리 만무였다. 어떤 속창시 없는 놈이 비싼 등록금 내고 대학 나와 공장에 들어가 기계를 돌리렬 것이며, 바다에 나가 그물을 뽑으렬 것이냐. 곧죽어도 와이셔츠에 넥타이 매고 사무실에 앉으렬 것이었다. 그러니 죽어나는 건 맨맛한 부모들이다. 어중이떠중이에 거중이까지 다 가는 대학을 어떤 부모가 안 보내고 고등학교로만 끝내려겠는가. 쎄가 빠지고 뼈가 으스러져도 보내는 수밖에 없다. 안 먹고 안 입으며 허리띠 졸라매고 한 푼 두 푼 모아 같잖은 대학에 고스란히 갖다 바치는 꼴이다. 졸업은 했지만 취직이 안 돼 빈둥거리는 것도 봐야 하고, 몇 해 있으면 여우기도 해야 하고, 그러면 지금도 내야 하니, 이것은 도대체 자식이 아니라 웬수덩어리가 돼버린 세상이었다.

울며 겨자 먹기인지, 알면서 쥐약 먹는 짓인지는 몰라도 딸들이 가겠다니 수열도 보내기는 했다. 맏이만 갔을 때는 그래도 지겟작대기를 짚고 어렵사리 오금을 펴보겠던데, 둘째까지 가게 되니, 아무리 각시가 뒤에서 지겟가지를 밀어줘도 도저히 일어설 수가 없는 등짐이 돼 있었다. 그렇게 지겟짐에 눌려 오므락달싹을 못하면서도 속으로 재미지기는 했다. 자신은 겨우 해야 중학 교밖에 못 나왔는데 집안에 대학생이 둘이나 있는 것이다. 젠체하며 어깨에 힘이 안 들어가려야 안 들어갈 수가 없었다. 언제 내가 그깟것에 시난고난했냐며 지겟짐을 지고 벌떡 일어나, 뼈가 부서져도 끝까지 가르치리라면서 애면글면 한발 한발 떼어보는 것이다. 그것이 부모 마음인지도 몰랐다.

그나마 숨통이 좀 트인 것은 관광객 덕이었다. 섬이 영화와 드라마 촬영지로 알려지면서 관광객들이 몰려들기 시작한 것이다. 그곳에 살며 맨날 대하는 섬사람들에게야 하품 나는 풍경이지만, 관광객들은 읍에서 배를 타면서부터 입을 벌리고는 다물 줄 몰랐다. 입에서 입으로 소문은 퍼지고, 거기에 매스컴까지 타게 되자, 사리 때의 밀물처럼 관광객이 밀려들었다. 섬이 생겨나고 처음 보는, 사람들의 물결이었다. 그 바람을 타고 수열은 어판장의 회센터 한 칸을 분양받아 장사를 시작했다. 처음 해보는 장사였지만 이상 재미가 좋았다. 다른 가게와 회 맛이 달라서였다. 횟감 고기를 잡는 어부가 서넛밖에 안 되는 현실이어서 섬이지만 자연산이 도시만큼이나 귀했다. 그러니 모두들 읍에서 양식 횟감을 떼 와 팔 수밖에 없었다. 하지만 수열은 자신이 직접 잡은 자연산만 취급했다. 관광객들이야, 섬이니까 당연히 자연산일 거라며 맛있게 먹어대지만, 까탈스러운 섬사람들은 냄새나는 양식에는 젓가락을 안 댔다. 한 점을 먹더라도 자연산이어야 한다며 사람들은 수열네 가게로만 모여들었다. 그들의 입이 광고판이 되어, 관광객들 역시 자연산을 찾아 수열네 가게 앞에 장사진을 쳤다. 죽어라 어장을 해도 고기를 못 댈 정도였다. 아내의 주머니에 나락 같은 황금색 돈이 제법 짭짤하니 들어왔다. 세상 오래 살고 볼 일이었다.

그렇게 두어 해 잘 벌어먹었다. 그런데 마(魔)가 안 끼면 그것은 좋은 일이 아닌 것일까. 좋은 일을 더 돋보여주려고 그 마라는 종자가 끼어드는 것일까. 사달은 작년 여름이었다. 근년에 보기 드문 큰 태풍이 올라온다고들 텔레비전에서는 며칠 전부터 호들갑이었고, 동네마다 이장들은 하루에도 몇 번씩 스피커를 울려댔다. 뭔가 큰 놈이 오기는 오는 모양이었다. 태풍 소식에 바빠진 사람들은 양식업자들이었다. 태풍의 길목인 남쪽을 피해 섬의 서쪽과 북쪽에 양식장을 설치했지만, 양쪽 담 사이로만 흐르는 도랑물처럼 태풍이 딱 그쪽만 건드리고 가는 것은 아니었다.

외양간을 뛰쳐나와 논이고 밭이고 갈고 다니는 발정난 뿌락지처럼 오만 데를 꼴리는 대로 휘젓고 지나가는 게 태풍의 성질머리였다. 그러니 태풍 소식만 들리면 양식업자들은 양식장 닻줄을 확인하고 부표의 연결고리를 다시 묶느라 부랴사랴였다.

어장을 하는 수열에게는 태풍은 크게 신경 쓰이는 대상은 아니다. 수열에게 태풍은 매년 하는 벌초 같은 것이었다. 해에 따라 뫼뚱에 풀이 더 길고 덜 길고처럼, 풀이 더 길면 두 번 깎고 덜 길면 한 번으로 끝내는 것처럼, 태풍도 더 큰 것과 덜한 것, 한 번이냐 두 번이냐의 차이일 뿐 정기적인 여름 행사였다. 태풍이 안 왔으면 여태 여름이 안 온 것이고, 태풍이 안 지나갔으면 아직 여름이 안 지나간 것이었다. 양식하는 사람들이 들으면 사람새끼 아니라며 멱살잡이를 하겠지만, 피해가 웬만큼만 하다면 태풍은 꼭 필요한 바다의 청소부였다. 바다를 할딱 뒤집어 바다에 쌓인 퇴적물들을 깨끗이 쓸어주고 가는 게 태풍이었다. 사람의 힘으로는 엄두도 못낼 일을 자연이 한번에 해치워주는 것이다. 그렇게 태풍이 바다를 뒤집고 가면 확실히 한동안은 고기가 잘 잡혔다. 수열에게는 그때가 생각지도 않은 대목이었다. 수열에게 태풍은, 사실 은근히 기다려지는 손님이기도 했다.

속으로는 그리 생각한대도 큰 놈이 올라오고 있다니 태풍설거지는 해야 했다. 제일로 큰 일이 배를 피신시키는 것이었다. 텔레비전에서 하도 수선을 떨며 난리부르스를 추기에, 보통 때는 재 너머 선착장에 묶어두는 배를 면소재지까지 끌어다 놓았다. 앞쪽에서 두 개의 방파제가 가로막고 있어 어지간한 바람에는 끄떡없는 곳이다. 이왕 멀리까지 간 김에 괴물처럼 서 있는 새로 지은 복지회관 앞의 가장 안침진 곳에다 배를 묶었다. 그것으로 수열의 태풍 단도리는 끝이었다.

섬에 태어나 마흔 넘게 살았지만 난생처음 보는 바람이었다. 여든이 넘은 어머니도 살다살다 몸살지치다 했다. 마당에서 낚시를 할 만큼 집이 갯가에 있어도 생전 그런 적이 없는데, 이참에는 몰아치는 뉘누리가 무서워 식구들을 어머니네 집으로 피신시켰다. '사라호' 이후 처음이니, '사라호'는 새발의 피밖에 안 되느니 했다. 남해안 양식장들이 아작나고 있다는 소식이 하루 종일 텔레비전 화면을 채웠고, 그 사이사이로는 흙탕물에 잠겨 저수지처럼 보이는 누런 들판이 비춰졌다. 섬도 마찬가지였다. 닻이 빠진 전복 양식장 부표들이 갯가로 밀려와 산중턱에 걸쳐졌고, 얼마나 많은 숫자가 바다로 떠밀렸는지 알 수 없단다. 동네마다 서너 채의 지붕이 홀라당 날아가버렸고, 뉘에 실린 갯돌들이 바닷가 살림집 두어 채를 덮쳐버렸단다. 전기도 나가고, 집전화는 끊어지고, 기지탑이 부러져 핸드폰도 먹통이 되었다. 세상이 마치 전기도 전화도 없던 옛 시절로 돌아가버린 듯했다.

—아따! 차라리 전기도 전화도 들오지 말어부러라. 그것들 없던 때가 어네이 낫었다. 저무나 새나 테레비 키놓고, 시도 때도 없이 맨날 그것만 밀거니 쳐다봄시로, 한집서 사는 식구들끼리도 말 한 마디 없이 사는 시방보다, 밤이믄 웃집 마실 다니고, 식

구들끼리 이웃들끼리 이 말 저 말 함서 등잔불 아래 오손도손하던 그때가 훨씬 낫었다. 전화 같은 거 없어도 일일이 부고장 돌리고, 됫병이라도 하나 들체미고 초상집 들여다보는 그 세상이, 바쁘다는 핑계로 달랑 전화 한 통으로, 그것도 귀찮아 손구락 놀려 문자로 조문하는 이 느자구 빠진 세상보다 백배는 낫었다. 아니 천배는 낫었다. 니미랄노무 것, 아예 옛날처럼 아무것도 들오지 말어부러라! 그래부러라!

엄니네 마당에 서서 산처럼 밀려오는 뉘를 내려다보며 수열은 그런 생각을 하고 있었다.

그 아수라장을 뚫고 치영이 헐레벌떡 올라왔다.

"너가 인자 세상 살기 싫은갑구나. 이 징한 태풍에 죽을라고 재릿값하냐 시방?"

수열이 흰소리를 던졌다.

"쓸답잖은 소리 말고 새끼야. 일 났다 일 나. 느그 배 사고나부렀다 임마!"

치영이 자못 심각한 표정이다.

"뭔 소리여?"

"불목리 선창에 묶어 논 느그 배 사고났다고!"

"먼 간재미 좆 짤리는 소리여! 젤로 좋은 재리에 단대이 묶어 놨구마는."

"그라긴 하드라만, 그거이 그거이 아닌께 언능 가보자."

─미친놈이 태풍에 헛것이 보이는갑다. 역부러 안전한 불목리

선창까지 가서, 그것도 제일 안쪽에 단단히 묶어놨는데, 무슨 개풀 뜯어묵고 시궁창에다 기알쳐내는 소리다냐!

긴가민가하며 수열은 면소재지로 내달렸다. 매어놓았던 배는 없어지고 그 자리에는 커다란 검정 판때기가 덮여 있다. 겁나게 큰 놈이 온다기에 일부러 멀리까지 피난해놓았는데 배가 파도에 떠밀려 가버렸나 했다. 그런데 그게 아니었다. 바로 옆의 복지회관 옥상에서 커다란 태양열 발전판이 바람에 날려 배를 덮쳐버린 것이다. 마당 두 개는 나시 될 발전판이 세 척의 배를 덮치고는, 자신은 아무 짓도 안 했다는 듯 팔짱 낀 채 책상다리를 하고 앉아 있는 것이다. 도대체 믿기지 않아 판때기 밑을 들여다보니, 양쪽 볼따구에 분명히 '일생'이라는 이름을 단 녀석이 거기 깔려 가쁜 호흡으로 간신히 숨을 이어가고 있다.

바늘 달린 빗방울들이 정수리에 왕창 꽂히는 느낌이었다. 빗방울 바늘이 꽂힌 둥그런 솔이 좌로 우로 회전하며 머릿속을 헤집고 있는 듯했다. 수많은 빗방울 중에 왜 내 쪽으로 오는 놈들에게만 바늘이 달렸고, 어째 그것이 하필 내 머리 위에 떨어진단 말이냐! 어떤 놈이 아무 쓰잘데기 없는 발전판을 거기에 설치하자 했고, 공사하는 놈은 왜 대충 달았으며, 공무원 새끼는 뭔 딴 짓거리 하느라 감독을 소홀히 했는가. 썩을놈의 태풍은 왜 왔던 것이고, 바람은 그때 왜 그쪽으로 불었으며, 불더라도 좀더 세게 불든가 약하게 불어 가장자리에 내 배를 걸치든가 하지, 왜 딱 그만큼만 불어 내 배를 정가운데 깔아버리냐고! 할딱대면서도 살아보려 애쓰는 나를 왜 이리 못살게 하는 거냐고! 이 썩을노무 것아!

수열은, 선창에 매여 있는 수십 척의 배 중에서 자신에게만 닥친 상황이 원망스러웠다. 그 많은 배들 중에 왜 하필 내 배여야 하는가. 전복양식으로 돈 벌어, 동네방네 폼 좀 잡으려고 아직 멀쩡한데도 낼모레 바꾸려는, 없어지면 오히려 새 배 살 핑계거리를 삼을 수 있는 그 배가 아니고, 그것 하나로 벌어먹고 살아, 없으면 탱탱 굶어야 하는 내 배인가 말이다.

수열은 치영이 받쳐주는 우산을 밀어내며 얼굴을 때리는 빗방울에 굵은 눈물을 섞었다. 그러다가 수열은 아차, 싶었다.

—아! 세상에 생겨나는 일 중에 절대 내 것은 아니라고 팔짱 낄 일은 없구나. 양식업자들의 걱정거리로만 여겼던 것이 이렇게 내 일이 될 줄이야. 속으로는 은근히 기다리고 있던 것이 외려 나를 이리 깔아 뭉개버리다니. 세상일이라는 게 사실은 다 내 일이었구나. 그랬었구나.

바람과 파도로 미쳐 날뛰는 바다를 보며 수열은 가슴을 쳤다.

며칠 뒤 뭍에서 건너온 크레인으로 발전판을 들어내고 그 밑을 보면서 수열은 또 한 번 속울음을 울었다. 자식처럼 아끼는 배가 거기 짜부라져 있는 것이다. 자신의 몸뚱이가 며칠 동안 숨도 못 쉰 채 발전판에 깔렸던 듯했다. 그러나 다음 순간 울음을 그치게 한 것도 짜부라진 그 녀석이었다. 황소 옆에 서 있는 염소 새끼만밖에 안 한, 커다란 화물선 곁의 뗏마만밖에 안 한, 태풍의 뉘누리에 떠밀리는 물공만밖에 안 한 조그만 '일생이'가 그 커다란 발전판에 눌리고도, 그래도 안 가라앉고 둥개고 있는 것이다. 브리지는 발전판에 눌려 닝께지고 여기저기 부서지기는 했지만 그래도 끝내 안 가라앉고 애면글면 버티고 있는 것이다.

"휴, 숨막혀 죽을 뻔했네. 좀 일찍 꺼내주제나 이제사 해주요? 그래도 저 안 까랑졌어라우. 잘했제라우?"

하며, 눈을 빠끔 뜨고는 수열을 쳐다보는 것이다.

"장하다. 아따 참말로 장하다. 그라제. 부서지드래도 너같이 까랑지지는 말어야제. 그래야 또 새로 시작해 볼 수 있것제. 그라것제."

배를 갯가로 끌어올려 한 달여를 고치고 나니 가을어장이 끝나 있었다. 고치는 비용에, 한 철 어장 못 한 것에, 거기에 장사까지 못 했으니 손해가 이만저만이 아니었다. 계절은 나몰라라 겨울이었고, 세상 모든 것들이 쉬는 때였다. 잠 같은 겨울이 가고 봄이 왔을 때, 대출금 이잣날 돌아오듯 등록금 철도 다가와 있었다. 수열은 한 닢이라도 벌기 위해 물불 안 가리고 바다에 나다녀야 했다. 그것이 이즈음 수열의 형편이다. 그래서 맞춤한 상황이 아닌데도 배를 띄운 것이다. 보통 때 같으면 오랜만에 친구가 왔으니 그냥 데리고 나가 재미 삼아 안주감을 잡았을 터이지만, 사정이 사정인지라 대절비까지 받고서 말이다. 그러다가 일이 이 모양이 된 것이다.

낚싯대를 걷고 그물을 놓으려 할 때 동근에게서 무전이 떨어졌었다.

"어이, 들어가세. 물이 시서 안 되겠구마. 그냥 들어가세, 오바."

"나는 한 고까이 하고 갈라네, 오바."

"안개도 밀려온다. 짜끗하다 사람 잡겠다. 괜히 걸쌈부리지 말고 들어가자, 오바."

"새끼, 가시내처럼 겁이 많기는, 오바."

"뒤질라믄 뭔 짓을 못 하겠냐. 선창에서 만내 한꼬뿌하세. 글믄 나는 들어간다이, 오바."

"가시내 같은 겁보랑은 술 안 묵을란다, 오바."

"니 지세는 내가 지내줘야겠구나, 오바."

—동근의 말따나 걸쌈내지 말고 그냥 들어갈 걸 그랬다. 잘못하면 동네친구 셋이 한날에 제사를 지낼 빨이다. 동근이 새끼, 왜 <u>끄트</u>머리에 하필 '지세' 말을 붙였다냐. 말이 씨가 되게 말이다.

안개를 바라보며 수열은 가슴을 친다.

까랑지지는 말자

기도를 끝냈는지 정삼이 다시 주머니에서 핸드폰을 꺼낸다. 검지로 슬쩍 쳐보지만 화면은 깨어나지 않는다. 정삼은 아까처럼 옷에 닦아본 뒤 톡 쳐보고, 손바닥에 때렸다가 툭 쳐본다. 그래도 안 되자 아까처럼 배터리를 뺐다 끼우고 전원을 눌러본다. 여전히 먹통이다.

"미치겠네."

정삼은 핸드폰을 내려다보며 짙은 한숨을 뱉어낸다.

삐삐에서 시작해 무전기만 한 핸드폰을 거쳐, 폈다 접었다 하는 폴더를 지나, 톡톡만 해도 살아나는 터치폰까지, 그것들을 애지중지 지니고 다닌 이래 지금보다 핸드폰이 절실한 순간은 없었다. 해미 자욱한 바다 한가운데, 그것도 뒤집힌 배 위에 쪼그린 상황만 한 것이 정삼의 인생에 있었을 리 없다. 그런데 진짜로 그것이 절실한 절체절명의 순간에 오히려 그것은 나 몰라라 눈을 감고 있는 것이다. 안 가지고 있으면 뒷방노인 취급당한다는 최신식 핸드폰이 갯물 한 모금에 넉장거리로 뻐드러져버린 것이다. 이리 뒤집고 저리 되작여보던 정삼은 그래도 아직 미련이 남는지 기계의 시체를 다시 주머니에 넣는다.

정삼은 어렸을 때부터 유달리 기계를 좋아했다. 기계 수리를 하고 있는 배의 기관방을 들여다보느라 밥때를 잊었고, 전기를 쓰기 위해 동네에 자가발전기를 돌릴 때는 아예 발전실 옆에서 살다시피 했다. 자신은 나중에 기계 만지는 사람이 될 거란다. 크면서 인생의 길이 다른 쪽으로 꺾어지기는 했지만 기계를 좋아하는 성벽은 그대로 남아 있었다. 컴퓨터를 처음 샀을 때는 업그레이드하는 게 정삼의 가장 큰 재미였다. 세숫비누만큼이나 컴퓨터가 자주 갈아졌대도 그리 심한 과장은 아닐 정도였다. 나올 때는 첨단기기였던 삐삐도, 무전기 같은 시커먼 핸드폰도 정삼은 일착으로 샀다. 텔레비전 광고에 새로운 기종이 뜨면 늦을세라 다음 날 바로 핸드폰을 바꾸었다. 자동차도 삼 년 이상 타본 적이 없다. 물릴 만하다 싶으면 신차가 나왔고, 그 주기로 정삼의 입맛도 변해 있었다. 그들이 사람의 심리변화에 맞춰 그 텀으로 새로운 모델을 내놓는 것인지, 정삼에게 그런 심리적 주기가 있는지는 몰라도, 여하튼 그 둘은 약속이나 한 듯 아귀가 잘 맞았다. 그러다 보니 새것에 대한 집착은 어느새 정삼의 습벽이 돼 있었다. 새것이 아니면 왠지 불안한 것이다. 그래서 정삼은 새것을 사고, 그보다 새것이 나오면 또 새것을 산다. 정삼에게 새것은 심리적 청심환인 셈이다.

"핸드폰은 물 묵어불믄 끝이어야. 저까짓 게 방법이 있가니?"

정삼을 지켜보고 있던 치영이 한마디 한다. 그러고는 핸드폰을 디딤말 삼아 바로 뒷동을 단다.

"아야, 암만해도 느그 부모님이 성질나셨는갑다야."

동의라도 구하려는 듯 치영이 힐끗 수열을 돌아본다.

"그건 또 뭔 생뚱맞은 소리다냐?"

"정삼이네 아부지랑 엄니가 부애 나서 배 까파친 거 탓다고."

치영이 수열에게 눈을 째긋한다.

"아이가! 갱물에 빠져 뭔 봉창 뚜드리는 소리여!"

수열이 코웃음을 친다.

"너 같으믄 부애 안 나겠냐? 여기서 나서, 여기서 사시다가, 여기 귀신 됐는데, 느닷없이 당신들 집이 없어져부렀으니."

정삼이 들으라는 듯 치영이 목소리를 조금 높인다.

"할 수 없제 머. 세상이 다 그라니."

"지세도 제대로 못 받아묵었는데, 인자 집도 절도 없어졌으니 성질 안 나시겠냐 이 말이여!"

정삼은 두 사람의 얘기를 못 들은 듯 말이 없다. 일부러 못 들은 척하는지도 모른다. 정삼의 눈길은 안개 너머 어디쯤을 향하고 있다.

손으로 담독을 더듬거려야 한 발짝 내디딜 수 있는 칠흑의 그 믐밤, 초가집 통시에서 그어지는 성냥불을 도깨비불이라며 놀라던 때가 있었다. 윗동네에 문상 갔다 오던 동네 어른 누군가가 '도깨비꼴창'에서 도깨비를 만나 밤을 새워 씨름하다, 새벽녘에 힘이 파한 도깨비를 어찌어찌 왼다리로 넘기고는 기어기어 보로시 집에 왔다는, 그러니 도깨비를 만나면 무조건 왼씨름을 해야 한다는 이야기에 오스스 몸이 오그라들던 그런 옛날이 있었다. 정말 귀신이 씻나락을 까먹고 도깨비랑 왼씨름을 하던 시절이었다. 아이가 봤던 것은, 누군가가 야밤에 똥을 누려고 통시칸 널 구멍을 찾느라 그은 성냥불이었고, 그 어른이 본 건, 초상집에서 술 가릉하니 취해 돌아오다 길 잘못 든 산속에서 맞부딪힌 송진 하얗게 말라붙은 소나무 둥치였다. 세상에 무슨 귀신이 할 일이 없어 순진한 꼬맹이들을 놀래키고, 어떤 허접한 도깨비가 하고많은 사람 중에 하필 술 취한 사람하고 씨름을 할 것이며, 설사 그 러더라도 어떻게 취객 하나를 못 넘겨 밤을 새워 실래기치겠는가. 그런 게 무슨 얼어죽을 도깨비겠는가. 다 호랑이 담뱃대 떨던 시절 얘기다. 조상신도 그렇다. 도대체 어떤 귀신이 자신이 떠난 날을 기억했다가 오직 제사 한번 받아먹겠다는 일념으로 하늘과 땅 사이보다 멀다는 그 이승길을 꾸역꾸역 찾아오겠는가. 허탕스럽고 맹랑한 이야기가 아닐 수 없다.

　그런데 그런 허랑한 것이 산 사람들을 갈라놓기도 한다. 부모님 제사 때문에 동생과 틀어져버린 것이다. 어머니가 돌아가시자 정삼은, 이제 제사는 안 지내고 가족예배로 대신하겠다 했다. 그 자리에서 동생은 바로 게거품을 물었다. 어떻게 부모 제사를 안 지낼 수 있느냐, 대대로 내려온 것을 하루아침에 마음대로 바꾸어도 되느냐, 부모 없이 형은 그럼 어디서 생겨났느냐, 소위 배웠다는 사람의 처신머리가 그것밖에 안 되냐며 격하게 따지고 들었다. 지내기 싫으면 제사를 자기에게 달라 했다. 정삼은 그럴 수도 없었다. 종교적인 신념과 장남으로서의 체면이 걸린 문제였다. 번연히 우상숭배인 줄 알면서 동생에게 제사를 지내게 할 수도, 동생이 부모님 제사를 모시는 것을 뻔히 알면서 장남이 나몰라라 있을 수도 없는 일이었다. 쉽게 마물러질 문제가 아니어서 정삼은 더 이상의 대꾸를 피했다. 장남인 자신의 생각대로 할 것이었다. 그래서 아버지 어머니를 한데 묶어 집에서 추모예배로 대신했다. 그럴 줄 모르고 이것저것 제사 준비를 해 가지고 왔던 동생은, 다시는 이 집구석에 발 안 들인다며 그 길로 핑하니 돌아가 버렸다. 여름휴가 때 자신은 직접 산소에 술을 부어놓겠단다. 여동생도 동생 편이었는지 전화 한 통으로 끝이었다. 그 후로 동생은 정말로 정삼과 형제간의 연을 끊어버렸다. 일 년이 다 가도록 전화 한 통 없고, 정삼이 전화를 해도 안 받고 피해버렸다. 돌아가신 부모가 살아 있는 형제간을 갈라버린 것이다.

고향에 좀처럼 비깜을 않던 정삼이 오랜만에 섬에 내려온 것은 부모님 산소 때문이었다. 매년 수열에게 비용을 주며 벌초를 부탁했고, 한동네에서 친부모자식처럼 살았는지라 수열이 정성

을 다한 줄은 알지만, 그렇다고 산소를 들여다보는 일까지 해달
랄 수는 없었다. 산소의 풀을 깎고 관리하는 것이야 수열이 할
수 있을지 몰라도, 뫼뚱에 술을 따르고 절을 하기에는 수열은 엄
연히 타성바지였다. 마지막 그 일만은 자식들이 직접 해야 했다.
그 문제로 찝찝해 하다 이번에 아예 부모님 뫼뚱을 파기로 한 것
이다. 혼이 떠나버려 이미 흙이 된 대상에게 음식을 차리고 절을
하는 게 무슨 소용이 있는가. 거기 박바가지처럼 동그랗게 솟아
있는 뫼뚱이, 거기에서 한 육신이 썩었다는 것 외에 어떤 의미를
지닐 수 있는가. 고구마를 품고 있는 그 옆의 흙만치도 못한 떼밭
에 불과한 것이다. 그런데 해마다 그 떼밭을 깎기 위해 그 먼 데
까지 가고, 이가 나는 대로 들여다보고, 행여 멧돼지가 헤집을까
울타리 치고, 장마에 성천이라도 나지 않을까 마음 졸인다. 참 어
만 데 쏟는 정성과 마음들이 아닐 수 없다.

그래도 동생에게는 알려줘야겠다 생각하고 있었는데 어디서
들었는지 동생이 먼저 전화를 걸어왔다. 그러고는 미친 개처럼 길
길이 날뛰었다. 제사 안 지내는 것도 부족해 이제 뫼까지 파려느
냐, 그런 호로새끼가 어딨느냐, 네가 뫼을 파도록 내가 가만둘 것
같으냐, 그러고도 니가 명대로 살어질 것 같냐며 금방이라도 달
려와 멱살을 잡고 뺨을 올려칠 기세였다. 충분히 예상한 반응이
어서 정삼은 조용히 듣고만 있었다. 뒤에 이어진 것은 형에게 하
는 동생의 말이 아니라 개에게 물린 사람이 개를 후리는 소리였
다. 정삼은 말없이 전화를 끊었다. 개가 짖는다고 달리던 기차를

멈출 수는 없었다.

집안어른들의 반응도 동생과 한가지였다. 이장(移葬)이나 합장(合葬)이면 모르겠는데 어떻게 부모 묏을 파서 없애느냐는 것이다. 망나니도 안 하는 짓거리란다. 출세했다고 동네방네 소문났더니 사람이 영판 못쓰겠단다. 거기에다 공달이 아니라서 묏에는 손을 못 댄단다. 묏 잘못 건드려 동티 나 사람 죽어지고 집안까지 자빠진 경우가 여럿이란다. 그런 것들에 흔들릴 정삼이 아니었다. 공달이나 동티라는 것은 까탈스러운 촌사람들의 너절한 생각일 뿐이다. 그런 것 저런 것 다 따지다 보면 세상에 할 수 있는 일이란 아무것도 없다. 모든 일은 마음먹은 때가 적기(適期)이다. 땅에 묻혀 이미 흙이 되어버린 존재가 공달인지 아닌지를 어찌 알 것이며, 땅이라는 게 살아 힘을 쓰는 게 아닐진대 어떻게 사람에게 해를 끼친단 말인가. 정말로 통시칸에 도깨비불 날아다니고 도깨비와 왼씨름하던 시절의 사람들이다.

정삼은 모든 것을 수열에게 맡겼다. 수열도 처음에는 공달을 들먹이며 저어하는 눈치였지만, 한번 마음먹으면 끝까지 밀어붙이는 정삼의 성격을 아는지라 마지못해 하면서도 그래주겠다 했다. 음식은 읍에서 맞춰 왔고, 이장을 전문으로 하는 사람들을 뭍에서 사 왔다. 멱살을 잡든 묘에 드러눕든, 어쨌든 나타나기는 할 거라 생각했는데 동생은 끝내 얼굴을 안 비췄다. 이제 동생과는 영영 남남이 돼버렸다는 생각이 들었다. 그렇다고 잘 달리고 있는 기차를 세워 뒷걸음질치게 할 수는 없는 일이었다.

돌아가신 지 삼십 년이 다 돼가는 아버지는 바스라진 뼈의 흔적들로만 남아 있었다. 어머니는 얼추 십 년 가까이 묻혀 있었는데도 잘 안 썩은 상태였다. 묏자리에 물이 흐르고 있었다. 정삼은 역시 잘했다는 생각을 했다. 물 위에 누워 있느니 허공으로 훨훨 사라지는 게 나을 터였다. 일꾼들이 조심스레 뼈를 추심해 마아주었다. 정삼은 수열의 배를 타고 나가 한갓진 곳에 부모님 뼛가루를 뿌렸다. 그러고는 술 한잔 따르고 끝이었다. 선창으로 돌아오면서 마음 한켠에 뭔가 아쉬움이 남아 한번 돌아보기는 했지만 그것으로 그만이었다. 채 한나절이 안 걸렸다. 정삼이 한 일이라고는, 부모님에 대한 마지막 인사로 제 손으로 뼈를 뿌린 것과, 일꾼들에게 비용을 지불한 것, 그리고 묏일 하는 때가 아니라며 홍야항야 해대는 동네 어른들에게 돼지 한 마리로 입막음한 게 전부였다.

묏일을 끝내고 바로 올라가려다 오랜만에 내려온 김에 하루 더 묵기로 했다. 언제 또 와질지 모르는 고향이었다. 이제 부모님 산소도 없어졌으니 발길은 더욱 멀어질 것이다. 뭍에 살다 뭍에 묻힐 것이니 어쩌면 영영 안 오게 될지도 모른다. 지금 살고 있는 '서울특별시'가 정삼의 뿌리 둔 곳이 될 것이다. 자리 잡고 살면 그곳이 터무니인 것이지 처음부터 터전이라고 딱지 붙인 곳이 따로 있겠는가. 고향과도 그렇지만 친구들과의 이별도 좀 아쉬웠다. 어릴 때부터 깨벗고 함께 자라 유달리 친한 넷이었다. 셋은 고향에 있으니 저희들끼리야 일부러 만나고 자시고 할 것 없겠지만 정삼과의 만남은 쉽지 않았다. 일 년에 한 번 초등학교 동창회가 있으나, 정삼은 한 번 나갔다가 동창들 노는 꼴이 유치해 다시는 안 나가게 됐고, 친구들은 고향에서 물때에 맞춰 어장을 해야 하는지라 참석하기가 어려웠다. 그래서 이왕 만난 김에 넷이서 선상에서 낚시나 하며 술이나 한잔하기로 했다. 그동안 수열이 애써준 것도 있고, 이번 일도 잘 마물러준 데다, 요즘 수열의 형편이 어렵다는 걸 아는지라 배 대절비는 네 곱으로 쳐줄 셈이었다. 그런데 일이 이 모양이 돼버린 것이다.

"벌초도 제대로 안 해 우묵장성 되는 거보듬, 파서 그라고 삐레 벤 것이 어네이 낫제."

수열은 정삼의 편을 들어준다.

"앞으로는 몰라도, 진작에 있는 뫼뚱을 팔 것까지야 없제 이 사람아!"

"하기야 그라기는 한다마는."

수열이 치영 쪽으로 짜긋 기운다.

"나는 그냥 뫼뚱에 묻힐라네."

"느그 새끼들이 벌초를 하겄냐?"

"유언으로 남겨야제."

"죽어 한번 뫼뚱에 들어가불믄 벌초를 한지 뫼뚱을 파분지 어떻게 안다냐?"

"그래도 우리 새끼들은 안 그럴 거여."

"믿는 도치에 발등 찍힌다는 말 안 들어봤나?"

"그런다고 안 믿으믄 또 어쩔 것이여."

자신들이 지금 어디에서 어떤 상황에 처해 있는지도 잊은 듯, 두 사람은 한참 동안 뫼뚱으로 신이야, 벌초로 넋이야 해댄다.

"가만있어 봐라. 배에 구명조끼가 있을 건디."

말을 돌리려는 듯 수열이 스르르 미끌어져 배 밑으로 들어간다. 그러더니 조금 있다 양손에 구명조끼 하나씩을 들고 올라온다. 치영이 그것을 받아 올린다.

"하나씩 입어라."

배 위에 오른 수열이 몸을 흔들어 갯물을 턴다.

"니 것은 없냐?"

조끼에 팔을 끼우며 치영이 묻는다.

"나는 안 입어도 써. 외려 귀찮기만 하든마."

수열은 다시 앞쪽 제자리에 가 앉는다.

"아따, 그래도 우리 일생이가 안 까랑지게 다행이다야."

수열이 갯물로 덮인 배의 등거리를 두어 번 찰박인다. 손바닥을 따라 갯물이 찰싹인다.

"금메 말이다. 까랑져벘으믄 우리는 뽈세 물귀신 돼부렀을 것인디."

대견하다는 듯 치영도 손바닥으로 배를 쓰다듬는다.

배가 까파지는 순간 수열은 죽었구나, 싶었다. 바다 한가운데에다 짙은 안갯속인 것이다. 맑은 날 같으면 지나가는 배나 양식장에서 일하던 누군가가 보았을 수도 있지만 간첩선도 운행 못 할 짙은 해미다. 사람의 눈에 띄기는 애저녁에 틀린 일이었다. 근처 어디에 두억도가 있겠지만, 설사 그것이 보인다 해도 헤엄쳐 갈 수 있을 만한 거리가 아니다. 더구나 사리가 시작되는 다섯물이 다. 물은 여서도 쪽으로 빠르게 빠지고 있다. 서툰 솜씨로는 거친 물발에 노가 밀려 저을수록 뗏마가 뒤로 간다는 띠섬 앞이다. 거기에 오월 중순이다. 갯물은 차다. 한여름이라 해도 바다에 두어 시간 떠 있으면 한기가 든다. 그러니 지금의 날씨에는 물공이나 널빤지에 의지한대도 두어 시간을 못 버티고 몸이 굳을 것이다. 셋 다 섬놈들이니 헤엄은 치겠지만, 떠 있는 게 문제가 아니라 차가운 갯물을 견뎌낼 재간이 없는 것이다. 그런데 고맙게도 '일생이' 녀석이, 까파지기는 했지만 까랑지기까지 할 수는 없다는 듯 물에 떠서 잠수함처럼 등거리를 내놓고 있는 것이다. 거기에다 뻘이 든 그물을 한쪽 말뚝에 묶어 닻을 삼고는 덜 떠밀리기까지 하면서 말이다. 구세주가 따로 없다.

무인도의 하느님

"우리 각시, 엄니 밥 챙겨드렸나 모르겠네."

수열은 해미를 뚫고 가면 저만큼 어디에 있을 청뫼도를 바라본다.

"이 미친놈아, 너가 죽냐 사냐 하는 판국에 시방 엄니 밥이 문제냐?"

치영이 수열을 째린다.

"죽으믄 죽고 살믄 살것제, 이 안갯속에 어쩌겠어."

수열은 여전히 안개 저 너머에 눈길을 두고 있다.

"동근이는 들어갔으까?"

갑자기 생각난 듯 정삼이 뒤를 돌아보며 두 사람 사이에 끼어든다.

"몇 시나 됐는지는 몰라도, 아마 지금쯤은 선창에 들어갔을 거이다."

"아까 어장 끝내고 만나기로 안 했냐?"

"선창에서 한잔하기로 했제. 넷이 모테서."

"우리가 안 나타나면 동근이가 찾을지도 모르겠구마. 느네 각시도 찾을지 모르고."

정삼이 갑자기 무슨 대단한 희망이라도 발견한 듯 얼굴에 생기가 돈다.

"너 서울 안 가고 우리랑 있는지 아께로 찾기는 할 거다만."

정삼이 아직 안 올라갔다는 걸 알고 있고, 어장하면서 서로 무전도 주고받았으니 당연히 동근은 선창에서 셋을 찾을 것이다. 선창에 안 보이면 수열네 집에 갈 것이고, 거기에도 없으면, 술 좋아하고 동무탐 많은 동근은 섬 구석구석을 훑을 것이다. 그래도 못 찾으면, 보통 때는, 어디서 자기들끼리 술 먹는갑네, 하며 집이 있는 진섬으로 들어가버리겠지만, 해미가 자욱한 날이다. 그물 놓는 것을 포기하고 섬으로 들어가면서 무전을 해도 안 받고, 핸드폰도 콧시늉을 안 한다. 동근은 치영의 핸드폰도 마찬가지란 걸 확인하고는 뭔가 낌새가 이상하다고 느낄 것이다. 선창에 배는 안 보이고 만나기로 한 친구들도 없다. 거기에 안개는 지랄같이 끼었다. 동근은, 저가 배를 타고 나오든 해양경찰에 달려가든 무슨 조치를 취할 것이다. 동근은 그럴 녀석이다. 아니 동근은 그래야 한다. 반드시 그래야만 한다.

"아따, 살살 추워온다야."

치영이 몸을 곱송그린다. 작은 몸피가 더 작아보인다.

"정삼이 너는 어차냐?"

"나는 아직 괜찮하다."

정삼이 팔을 벌렸다 오므렸다 한다. 군살 하나 없는 몸피다.

"치영아, 갑빠 입고 그 위에다 구명조끼 입어라. 그러면 어네이 나슬 거다."

치영이 깔고 앉았던 물옷을 펼쳐 입고는 그 위에 구명조끼를 걸친다.

"정삼이 너도 그리고 해라."

수열이 정삼의 구명조끼를 벗겨준다.

"니 것도 있는가 한번 찾아봐야?"

입술이 푸르스름해진 치영이 수열에게 말한다.

"나는 뱃놈이라 암상토 안 하다. 너같이 사무실에서 일하는 놈들하고는 틀리제."

수열도 양팔을 벌렸다 오므렸다 해본다. 처음과 달리 수열의 입술도 좀 푸르딩딩해져 있다. 아무리 바다에 단련됐다 해도 찬 갯물에 사람의 몸이 쇳덩이일 수는 없으리라.

"수열아, 그라믄 우리 구해줄 사람은 동근이밖이 없겠네?"

치영이 묻는다.

"그 술또깨비가 술 묵기 전에 찾아나설지 어찰지 모르제. 우리 각시도 이상하다 싶으믄 해양경찰에 신고는 할 거다마는."

수열이 안개 너머 저 어디를 바라본다.

"정삼아, 느그 하느님한테, 제발 동근이 오늘만 술 잔 못 묵게 해주라고 빌어라."

치영이 정삼의 등에 대고 말한다.

"그 자식, 오늘 하루만 손에 풍 들게 하고, 입 삐트러지게 해베 래라. 그래야 우리가 산다고."

정삼은 대답이 없다.

"우리 셋 목숨은 또 옛날처럼 동근이한테 매였네라. 동근이가 우리 하느님이구마이."

치영이 고개를 왼쪽으로 돌리더니 저기 어디로 눈길을 가져간 다. 수열과 정삼도 치영의 시선을 따라간다. 거기 안갯속 어디에 오래전 그들이 손을 묻었던 무인도가 있다. 그리고 그들의 하느 님이었던 동근이 있다.

중학교 이학년 때였다. 한동네에서 맨날 강아지들처럼 떼거리 로 몰려다니는 넷이 수열네 작은방에 모였다. 건너다보이는 '지치 섬'에 가는 계획을 짜기 위해서였다. 지치섬에는 본래 두 집이 살 았었는데, 해안에 무장간첩이 자주 출몰한다며 두 집 모두 본섬 으로 이주시키는 바람에 무인도가 돼 있었다. 방학을 짬 타 그곳 에 가보자는 것이었다. 아버지한테 걸리면 뼈를 추린다며 동근은 빠지겠다 했다. 늘럽한 새끼가 잘나가다가 꼭 삼천포로 빠진다며 모두들 지청구는 했지만, 동근이네 아버지가 얼마나 무서운지는 모두들 알고 있었으므로 할 수 없이 그러라 했다. 단, 아버지에게

뼈딱을 추리더라도 절대로 비밀은 지킬 것이며, 나흘째 되는 날 뗏마를 타고 셋을 데리러 온다는 조건을 붙였다. 만일 약속을 어기면, 머리만 내놓은 채 하루 종일 모래밭에 파묻기로 했다.

빠지는 대신, 동근은 큰형이 월남에서 가져온 직사각형의 튜브를 빌려주기로 했다. 한 사람이 타면 널널하고 둘이 오르면 비좁을 정도의 크기이다. 몇 가지 실을 것도 있고, 맨몸으로 바다를 헤엄쳐 건너는 건 무리여서 의지 삼을 것이 필요했다. 낚수가 묶인 첨대랑 갯지렁이 팔 호미는 실었지만, 가져갈 만한 마땅한 게 없어 먹을 것은 챙길 생각을 못 했다. 배가 고프면 고기를 낚아 구워 먹을 요량이었다. 사람이 살았던 섬이니까 물은 있을 것이었다. 옷은 대충 비닐봉지에 담아 튜브에 실었고, 가장 중요한 성냥은 비닐로 몇 불씩 싸 물귀신인 수열의 머리 위에 새끼로 짬맸다. 비닐봉지 머리띠를 묶은 수열이 인도사람 같다며 셋이서 키득거렸다.

지치섬과 가장 가까운 '높은나리'에서 튜브를 띄웠다. 지치섬까지는 일 킬로 남짓 된다. 어른들도 헤엄치기에는 먼 거리다. 거리는 둘째치고 거센 물살이 문제였다. 섬과 섬 사이의 목인지라 물이 들거나 썰 때는 엄청나게 물발이 셌다. 사리에 한창 물이 쓸 때 보면 거친 물살이 갯바위를 깎을 듯 핥으며 무섭게 진섬 쪽으로 흘러갔다. 그래서 물이 완전히 들어 물살이 잠잠해 있는 아적나절을 택했다. 정삼과 치영은 튜브의 양 옆을, 성냥을 싼 비닐봉지를 머리 위에 짬맨 수열은 뒤쪽을 잡았다. 물결이 오른쪽으로 흐르고 있었으므로, 물살에 밀려도 섬에 걸칠 수 있도록 지치섬 왼쪽 끝을 목표지점으로 잡았다. 셋은 발로 노를 저으며 앞으로 나아갔다. 갯가에 서서 손을 흔드는 동근의 모습이 저만치 멀어졌다. 바야흐로 무인도를 향한 셋의 모험이 시작되고 있었다. 치영과 정삼은 힘이 들면, 치영이 누웠다 정삼이 누웠다 겨끔내기로 쉬어가며 발노를 저었다. 수열은 목숨보다 소중한 성냥을 지켜야 했으므로 힘이 들어도 머리를 꼿꼿이 세운 채 헤엄을 쳐야 했다. 그렇게 애면글면 셋은 지치섬의 오른쪽 끝에 간신히 걸쳤다. 물이 빠지는 때가 아닌데도 물살에 많이 떠밀렸다. 자칫했으면 섬에도 못 닿고, 아무리 노를 저어도 뗏마가 뒤로 밀린다는 저 아래 목으로 쓸려내려 큰바다로 떠밀려 갈 뻔했다. 그나마 만조 때를 탄 게 다행이었다.

갯지렁이를 파 고기를 낚았다. 고기들이 미쳐 있는 듯했다. 동네의 갯바위는 애들이 하도 첨대를 담가대서 입이 깐사진 고기가 살짝살짝 이깝만 따먹고 가버리는데, 그곳은 물고기들이 허천들린 듯 이깝을 먹어댔다. 한꺼번에 두 마리가 무는 '쌍달개'는 기본이고, 한 번에 세 마리가 무는 바람에 첨대꼬작이 부러지지 않을까 마음을 졸여야 했다. 낚수를 열 개 달면 한 번에 한 뭇도 물 듯 싶었다. 사람에 굶주린 물고기들이 사람냄새를 맡고는 환장해 버린 모양이었다.

해가 지자 셋은 허물어진 초가집으로 들어갔다. 나뭇가지를 주워모아 불을 피우고 물고기를 구웠다. 먹을 것이라고는 그것밖에 없었다. 그럴 줄 알았으면 감자나 몇 개 싸올 걸 그랬다. 성냥만 있으면 고기를 낚아 양식거리 삼을 수 있으리라 생각했는데 역시 섬놈들이라 머리들이 짧았다. 소금이 없어 간을 안 해 아무맛도 없는 구운 볼락이랑 쏨팽이를 으그적으그적 씹고, 샘에 엎드려 염소처럼 물을 할짝였다.

밤이 되자 날이 좀 싸늘해졌다. 수열이 자장개비를 주워와 불에 올렸다. 무너진 지붕 사이로 올려다본 밤하늘에는 수많은 별들이 가을운동회의 아이들처럼 신이 나 깡충거리고 있다.

"아야, 치영아, 의형제 맺게 손 묻어라."

불을 바라보고 있던 정삼이 말했다.

사실 그것이 무인도까지 헤엄쳐 간 진짜 목적이었다. 한동네 사는 친한 친구 넷이 자신들만의 곳에서 의형제를 맺자는 것이었다. 정삼의 머리에서 나온 생각이었는데, 나머지 셋 모두 두 손들어 환영이었다. 중간에 동근이 못 간다고 해 맥이 좀 빠져버리기는 했었다.

치영이 흙바닥에 손을 댔다. 수열이 오른손을 펴 치영의 손등을 덮었다. 그 위에 정삼의 손이 엎어졌다.

"이것은 동근이 손이다."

치영이 왼손을 펴 정삼의 손등을 덮었다.

"인자 우리 넷이는 의형제여이! 서로 피는 안 섞였제만 형제나 마찬가지여이! 긍게 끝까지 의리를 지켜야 써이!"

비장한 어조로 말하며 정삼이 치영과 수열을 돌아보았다.

치영이, "좋아!",

"나도 좋아!", 수열이,

"나도!", 정삼이 말했다.

치영이 왼손을 들었다가 정삼의 손등을 탁 내리치며, "동근이
도!" 했다.

"자, 인자 우리는 쩜매 사형제다이. 쩜매 사형제여, 영원하라!"

셋은, "쩜매 사형제여, 영원하라!"를 외치며 주먹손을 치켜 올
렸다. '쩜매'는 그들 동네의 옛 이름이다.

정삼이 너홉들이 소주병을 이빨로 깠다. 그러더니 낚수로 새끼
손가락을 찔러 피 몇 방울을 병에 짜내렸다. 수열이 따라했고, 치
영도 꼭같이 했다. 투명하던 액체가 불그스름해졌다.

"이것이 혈맹이란 거여. 날 때는 저저금 났어도 죽을 때는 같이
죽자고 피로 맹세하는 것이제. 수열이 니가 납살이 젤로 많으께
너부터 묵어라."

정삼은 별걸 다 알고 있었다. 『삼국지』를 두 번인가 읽었다더니
역시 어디가 달라도 달랐다.

정삼이 수열에게 병을 건넸다. 수열이 서너 모금, 다음은 정삼
이, 난 날이 젤로 늦은 치영이 마지막으로 두어 모금 꿀꺽였다.
수열부터 한 번씩을 더 돌아감으로써 동근의 것을 나누어 먹은
셈 쳤다. 그렇게 해서 넷은 피를 나누어 마신 의형제가 되었다.

"인자 우리 넷이는 피를 나눈 형제여. 그니까 죽는 날까지 형제
의 의리를 지켜야 써이! 배신자는 복수로 응징한다!"

빈속에 나발로 소주 몇 모금을 들이켜 헤롱거리는 정신인 채 셋은 저저금 마음속에 정삼의 말을 새기고 있었다. '형제', '의리', '배신자', '복수', '응징' 같은 말들이 밤하늘의 별들만큼이나 선명하게 머릿속을 맴돌았다.

배는 고팠지만 이틀째도 어찌 견딜 수 있었다. 간도 안 한 구운 생선으로는 요기가 안 된다는 걸 알아차린 셋은 산으로 올라갔다. 가장 확실한 게 칡이었다. 길게 뻗어간 넝쿨에 잎까지 무성한 여름 칡이 무슨 맛이 있을까만 콩이냐 팥이냐 따질 상황이 아니었다. 하루를 종일토록 굶었더니, 갯가 짝지밭의 올망졸망한 노란 갯돌들이 밭에 캐놓은 감자알로 보일 지경이었다. 돌멩이와 작대기를 써서 칡뿌리를 캐서는 어기적어기적 씹어댔다. 이제 막 영글기 시작한 맹감도 긴요한 먹거리였다. 이리저리 산을 더트고는 갯가로 내려갔다. 고둥은 지천이었지만 그것은 생얄로 먹을 수 있는 게 아니었다. 날로 먹을 수 있는 갯것은 굴밖에 없었다. 셋은 갯돌로 굴 껍질을 깨고는 입을 대고 훌훌 빨아댔다. 영락없이 바다에 나갔다 무인도에 표류한 소년들의 꼴새였다.

허기를 참을 수 있는 건 딱 이틀까지였다. 사흘째가 되자 도저히 배가 고파 안 되겠다며 정삼이 돌아가자 했다. 치영은 뻔히 반대할 것으로 생각했는지 수열에게 먼저 의견을 물었다. 수열은 멈칫대며 치영을 바라보았다. 치영은 반대였다. 셋은 분명 무인도에서 사흘 밤을 자기로 했고, 나흘째에 동근이 뗏마를 타고 데리러 오기로 했다. 그렇게 약속을 했으니 지키는 게 맞다. 허기는

지지만 어찌어찌 하루만 버티면 될 것이었다. 그런데 사내새끼가 그까짓 하루를 못 참고 넷이서 했던 약속을 손바닥 엎듯 뒤집으려는 것이다. 그것도 그것이지만, 치영이 진짜로 성질이 난 것은 정삼의 일방적인 태도 때문이었다. 그저께 밤에, 날 때는 따로 났지만 죽을 때는 같이 죽자며 손을 모은 채 의형제를 맺고는, 서로의 피를 섞은 소주를 나눠 마시며 혈맹까지 하지 않았는가. 셋이서 한 약속이니 다른 두 사람을 설득하든가, 그것이 안 되면 자신의 생각을 접는 게 맞다. 그렇게 하는 것이 친구의 도리이고, 더더구나 의형제를 맺은 끼리의 태도일 것이다. 안 그러려면 '의형제'라는 거창한 이름으로 서로를 묶지나 말든가 말이다.

수열이 대답이 없자 정삼은 혼자라도 가겠다며 튜브에 바람을 불어넣었다. 괜히 부려보는 허세라는 걸 수열과 치영도 알고 있었다. 정삼이 아무리 날고 긴다 해도 튜브를 타고 혼자서 건널 수 있는 목이 아니었다. 정삼도 그 정도는 알고 있다. 그래서 수열의 동조를 구하려는 것인데 수열은 또 치영의 눈치만 살피니 혼자 뻗대보는 것이다.

"니는, 그저께 저녁에 같이 살고 같이 죽자며 의형제까지 맺은 놈이, 이틀 지나 그새보 혼자 간다 그냐!"

튜브 꼭지에 입을 댄 채 두 볼따구니를 잔뜩 부풀리고 있는 정삼의 등에 대고 치영이 한마디를 쏘았다. 정삼은 치영을 힐끗 치올려보더니 얼굴이 벌개져 갯가로 내려가버렸다.

그날은 샘에 엎드려 물만 할짝거렸다. 낚아봐야 아무 소용이 없으니 고기 낚을 생각은 애시당초 안 했다. 어서 하루가 갔으면 싶었다. 이제라도 정삼에게 튜브를 타고 건너가자려 해도 물살이 너무 세져 있었다. 물때도 그랬지만 이틀을 굶은 탓에 발노 저을 매가리가 없었다. 게다가 무인도로 건너갈 때는 생전 안 가본 미지의 저쪽에 대한 기대감이 있었지만, 이제 바라보이는 저편에는 셋을 잡아끌 아무것도 없으니 기운 내서 죽자사자 건너갈 의욕이 안 생기는 것이다. 어찌 하루만 넘기면 내일은 동근이 올 것이다. 물로 배를 채우고 소처럼 자빠져만 있어도 하루는 간다. 동근이 진짜로 올지 어쩔지 모르겠지만 기다리는 수밖에 없다. 만약 동근이 안 오면 그때 갯가에 나가 옷을 벗어 돌리거나, 불을 피워 구조신호를 보내면 될 것이었다.

무인도라서 그런지 밤이 일찍 찾아들었다. 별들은, 어제처럼 그제처럼 밤하늘이 찢어질 듯 박혀 있다. 그런데 오늘의 저것들은 별이 아니라 건빵 봉지에 들어 있는 별사탕으로 보인다. 허기진 셋의 '쎄를 꼴리게' 하려고 건빵 공장에서 하늘에 수많은 별사탕을 뿌려놓은 것처럼만 보이는 것이다.

아, 저 많은 별사탕이 떨어져내려 입속으로 들어와주었으면. 아니 저 중에 한 개만이라도 달착지근한 사탕이 되어 내려와주었으면. 아! 꼭 한 개만이라도 그래 주었으면.

밤하늘에 그림의 떡으로 떠 있는 별사탕에 침만 삼키며 셋은 주린 배를 움켜쥔 채 무인도에서의 사흘째 밤을 잠이 들었다.

다음 날, 동근은 혼자서 노를 저어 무인도에 왔다. 동근은 약속을 지켰다. 포개어진 셋의 손 위에 손은 안 얹었지만 동근은 참말로 약속을 지킨 의형제였다. 셋 모두 감동을 받은 것은, 데리러 오겠다던 그 약속에가 아니라 전혀 생각지도 못한 것에서였다. 어떻게 그런 기막힌 생각을 했는지 동근이 감자를 한 양판이나 쪄 들고 온 것이다. 아직 감자 캘 때가 안 됐으니 몰래 캐 쪄왔을 터인데, 동근의 마음이 담긴 귀하디귀한 양판의 찐 감자를 보며 셋은 누구랄 것도 없이 가슴이 먹먹해졌다. 동근은 친형제 열을 보태놓은 진짜 혈연이었다.

셋은 껍질도 안 벗기고 허겁지겁 찐 감자를 먹어댔다. 목이 캑캑거리는 게 물이 켜서인지 동근에게 감동해서인지 알 수 없었다.

—아, 세상에 이리도 맛난 것이 있다니. 점심때 쪄줘도 쳐다보도 않던 북감재가 이렇게도 맛이 있었다니. 눈깔이 뒤집힌다는 중국집 짜장면도, 어제 보았던 밤하늘의 별사탕도 북감재에 대면 새발의 피의 피밖에 안 되겠구나.

치영은 눈물이 날 지경이었다.

"아야 악들아, 동네 난리 났다 난리 나. 느그 인자 집이 가믄 죽을지 알어라."

동근의 말은 들은 체 만 체 셋은 허천들린 것처럼 감자만 죽어라고 욱여넣었다.

"동네에 펫마는 없어진 것이 없으께로 느그들이 여기 왔을지는 생각 못 하고야, 느그 셋이 바다에 빠져 죽었든가 뭍으로 도망쳤을 거란다. 어지께는 어른들이 하리 종일 갯바탕을 이 잡듯 뒤졌어야. 지서에도 신고하고."

동근의 말에는 아랑곳않고 셋은 볼때기가 터지도록 감자만 우물거렸다.

"지서에까지 신고했다께 나도 사실 겁이 좀 나기는 하드라. 사실대로 말해뻬까 어차까 생각이 들기도 하고. 그러자니 모살밭에 파묻힐 것도 같고. 워매, 머릿골치든거으!"

동근이 먼 하늘을 올려다보며 골치 아팠다는 듯 머리를 좌우로 흔들어댔다.

"엄니 아부지들은 쫓아댕김시로 물어쌌제, 비밀 지킨다고 느그들하고 약속은 했제, 아따 이거 환장하겄든마이. 이리저리 도망체 댕겠다야. 그래도 사나이가 한번 한 약속은 지켜야 안 쓰겄어?"

사레가 들렸는지, 동근의 말끝머리에 달린 '약속'이란 단어 때문인지 정삼이 감자를 든 채 캑캑거렸다.

"아야, 찬채이 묵어라, 찬채이."

약속을 지켜 자랑스럽다는 듯 동근이 세 동무를 돌아보았다.

"아따 그래도 느그들 벨놈들이다야. 여기까지 히미질해 와서 사흘이나 산 거 보믄야. 느그들 상 받어야 쓰겄다. 용감한 벨놈들 상! 개이만 꼬묵고 무인도에서 사흘 견딘 상! 의형제 맺는다고 지치섬까지 히미질친 미친놈들 상!"

그사이에 양푼은 깨끗이 비워졌다.

동근이 왔으니 정식으로 넷의 손을 모아 다시 의형제 결의를 하자려고 했으나 너무 맥이 빠져 있었다.

"가자!"

넷은 뗏마에 탔다. 동근이 노를 젓기 시작했다. 여름 해가 새참쯤에 올라와 있었다.

"그때같이 동근이가 와야 쓴데."

치영이 먼 데 가 있던 눈을 가져온다.

"그때는 약속을 했으께 글제."

"너 아까침에 약속했담서."

"그건 선창에서 만내기로 한 거고."

"긍께 동근이는 이리저리 찾어보고 없으믄 분명히 배 타고 나올 것이다."

치영은 뭔가 확신이 드는 모양이다.

"호오다! 그랬으믄 얼마나 좋겠냐마는."

정말로 동근이 그랬으면 수열도 팔짝 뛸 것 같다.

정삼도 그렇다.

─동근아, 제발 그때처럼 배를 타고 나오니라. 북감자는 안 쪄와도 좋다. 그냥 배만 타고 오면 된다. 동근아, 제발 배만 타고 오니라. 그러면 네가 우리들의 하느님이다.

동근어으!

땅에는 피, 하늘에는 네온

안개가 조금 옅어졌는지 청뫼도가 살짝 드러나 보인다. 부두에 들어서자면 오른쪽에 보이는 샘북산 꼭두가 맞다. 그만만 보여도 충분히 방향을 가늠해 볼 수 있다. 배는 남쪽으로 많이 밀렸다. 더 밀리면 '화랑포', 그 다음은 '앞개', 거기서 더 밀려가면 청뫼도를 완전히 벗어나 여서도 쪽으로 흐르게 된다. 뻘이 찬 상태로 바닥에 끌리는 그물이 닻 역할을 하는데도 물살이 센 다섯물이라 빨리 떠밀릴 수밖에 없다. 배가 밀리면서 뻘은 점점 털어질 테니 그물은 가벼워질 게고, 그럴수록 배는 더 빨리 밀릴 것이다.

"안 되겠다. 어딘지 알았으께 한번 히미질해 가봐야겄다."

쪼그려 있던 수열이 벌떡 일어선다.

"야, 안 돼야! 저렇게 먼데 어떻게 가야? 가다 죽어야!"

54

치영이 수열의 팔을 잡으며 따라 일어선다.

"그냥 밀거니 앉아서 죽을 수는 없는 것 아니냐!"

"아야! 그래도 안 돼야! 여기가 어디라고. 몇 발 가도 못하고 힘다 파해야. 갱물도 겁나 차고."

치영은 손바닥으로 갯물을 찰싹여본다.

"히미질하다 죽으나, 여기 있다 죽으나 매한가지다. 한번 가보기나 할란다. 니미랄 것, 사람이 한 번 죽제 두 번 죽다냐?"

수열이 윗도리를 벗으려 한다.

"야, 안 돼! 가드래도 옷은 입어야 해. 물에 빠져 옷 벗으믄 그건 죽을라고 재릿값하는 거여. 긍께 귀찮드래도 그냥 입고 히미질해야 써."

치영은 더 이상 말릴 수 없다는 듯 입고 있던 구명조끼를 벗는다. 옷을 벗으려던 수열이 팔을 벌려 옷 위에 구명조끼를 받는다. 그러고는 아까 건져놓았던 줄을 허리에 감더니 끝에 물공을 묶는다. 배가 뒤집히는 그 짧은 순간에 이런 상황까지 염두에 둬서 물건들을 건진 것은 아닐 텐데 마치 그런 듯한 빨이다. 오랜 세월 바다에서 살아온 수열만의 감이었는지 모른다.

"아따 새끼, 짜긋하믄 죽는다께로는."

치영이 손바닥으로 수열의 등거리와 옆구리를 문대어 몸을 풀어준다. 정삼은 말없이 두 사람을 올려다보고 있다.

"아야, 한하고 있지 말고 안 되겠으믄 바로 신호해라이."

"알았다. 안 되겠으믄 신호 보낼 테께 줄 잡어댕게주라이. 그라믄 간다."

수열이 스르르 갯물로 미끄러지더니 물공을 안고 발을 젓기 시작한다. 젓는 발이 수열을 조금씩 안갯속으로 밀어넣는다. 수열을 홀리기라도 했다는 듯 안개는 샘북산의 꼭두만 살짝 보여주고는 더 이상은 안 된다며 단단히 옷깃을 여며버린다.

수열을 바라보던 정삼은 아까처럼 두 손을 모으고는 뭐라뭐라 웅절대기 시작한다. 치영은 정삼을 흘낏 내려보더니 수열이 달고 가는 줄로 시선을 옮긴다. 수열은 그예 안개에 삼켜졌고, 수열의 꼬리인 듯 줄만 그쪽으로 뻗었다. 치영은 두 손을 그러모아, 줄에 자신의 힘을 실어 보내려는 듯, 어떤 대상에 비손이라도 하는 듯, 돌돌 말린 고팽이를 염주처럼 돌리며 줄을 준다. 힘 빠진 뱀이 흐물흐물 물 위를 기어가듯 줄은 느지럭느지럭 안갯속으로 풀리고 있다.

"교회 열심히 다니는갑구나."

기도를 끝낸 듯 고개를 드는 정삼을 내려다보며 치영이 말을 건넨다.

"너는 믿음생활 안 하나?"

치영의 눈은 다시 안갯속으로 뻗은 줄에 가 있다.

"십자가 접은 지 오래다."

치영이 줄을 조금 풀어주며 말한다.

"나는 네가 목회자 될 줄 알았는데."

정삼이 치영을 올려다본다.

"다 옛날 얘기다."

안갯속 어디를 바라보며 두어 숨을 쉬더니, 치영이 묻는다.

"정삼이 너, 옛날에 광주서 나랑 같이 시골 내려오기로 약속한 적 있지야?"

정삼은 순간적으로 찔끔, 한다. 내내 마음속에 가시라기로 박혀 있었지만 그것이 치영의 뇌리에도 아직까지 자리하고 있을 줄은 몰랐다.

"그때 광주에서 나는 십자가를 버렸다."

정삼이 머뭇대는 사이 치영의 말이 먼저 걸음을 뗀다.

치영은 여전히 안개 너머 어디에 시선을 두고 있다. 세월이 저 멀리로 떠내려 보내 이제는 옛날이 되어버린 과거의 어느 지점이다.

치영은 중학교 때 정말로 교회에 열심히 다녔다. 처음에는 먼 길을 혼자서 걸어 교회에 다니는 엄니를 동무해 주려는 것이었는데, 시간이 지나면서 엄니보다 치영이 더 지극정성이 됐다. 치영네 동네에서 교회가 있는 면소재지까지는 지름길을 타도 삼사십 분은 나시 걸렸다. 시골길이라는 게, 걷다 보면 산소도 있고, 시골 어디에나 있는 처녀뫼뚱이랑 애기뫼뚱이랑 비석거리도 지나게 된다. 머리에 외뿔 난 도깨비나, 긴 머리 풀어헤친 소복차림의 처녀귀신이 무섭다며 벌벌 떠는 어리보기는 지난 나이였지만, 그렇다고 이 세상에는 도깨비나 귀신 같은 것은 없다며, "도깨야! 너 거기 있으믄 당장 이 앞에 나오니라! 나랑 씨름 한판 해보자!"며 호기롭게 소리 지르거나, "처녀귀신 있으믄 이리 나오시오. 얼마나 이쁜가 어디 얼굴 한번 봐봅시다!"며 거들먹거릴 배포가 있는 때도 아니었다. 마음속에 하느님이 있으니 무서울 것 없다며 용감하게 어깨를 펴보기는 하지만, 소나무를 쓸고 가는 바람소리나, 밤하늘을 휘감아도는 휘파람새의 울음소리에, 머리카락이 쭈뼛 서고 온몸이 바싹 오그라드는 건 어쩔 수 없었다. 치영은 학생예배가 있는 목요일이면 그런 밤길을 혼자서 걸어 직심으로 교회에 다녔다. 중학교 이학년인 치영이 방언이 터져 아무도 못 알아듣는 혼자만의 소리로 기도를 해대자 머리가 이상해졌다는 소문까지 돌 정도였다.

이학년 겨울방학이 시작되던 어름의 어느날, 정삼이가 자신도 교회에 다니겠다 했다. 치영은 두 손 들어 환영이었다. 친구가 하느님을 믿겠다니 당연히 기뻤지만, 거기에 덤으로 혼자서 밤길을 안 다녀도 돼 더 좋았다. 정삼이 교회에 다니려는 게 이웃마을 여학생 때문이라며 애들이 흥이야항이야 해댔지만 치영은 아무케나 상관없었다. 목요일마다 같이 갔다 같이 오는 이웃마을 여학생이 있기는 했다. 한 학년 아래였는데 공부도 잘하고 얼굴도 예뻤다. 치영은 솔직히 그 여학생에게는 아무 감정이 없고, 교회까지의 밤길을 데리고 다닐 수밖에 없어 그러는 것인데 애들은 얼레리꼴레리 치영을 놀려댔다. 처음에는 아니라고 해명도 하고 나중에는 성질까지 냈지만, 그래도 그래 대는 걸 어쩔 수 없어, 그래, 니들은 짖어라, 나만 아니면 그만이지, 하며 무시하고 다니는 참이었다. 그렇다고 애들 말이 무서워 들로 산으로 이어지는 밤길을 여자애 혼자 다니라고 내버려둘 수도 없는 노릇이었다. 그런데 정삼이 같이 다닌다니 이제 그런 소리를 안 들어도 될 성불렀다.

애들 말처럼 정삼이 그 여자애를 좋아하는 듯했고 여자애도 정삼을 그런 듯해 보였다. 정삼이 교회에 다닌 후로는, 갈 때는 셋이 같이 갔지만 올 때는 앺두로였다. 정삼과 여자애는 저만치 뒤에 나란히 걸어오고, 치영은 혼자 핑 앞서서 걸었다. 치영은 오히려 홀가분했다. 교회를 나서 점빵들이 마주보고 늘어선 면소재지의 환한 길을 여자애와 같이 걷는 것도, 여자애네 마을까지 둘이서 신작로를 말없이 걷는 것도 내내 어색하기만 했는데 그 짐을 정삼이 대신 져준 것이다. 정삼이 함께 걸어주니 여자애는 밤길이 안 무서워 좋았고, 정삼은 그 여학생과 같이 걸을 수 있어 좋았고, 치영은 치영대로 자유로워져서 좋았다. 모두에게 좋은 길을 정삼이 만들어준 것이다. 그런 길이 중학교 졸업 때까지 이어졌다.

지치섬에서 손을 묻고 의형제를 맺은 넷 중, 수열과 동근은 고등학교 진학을 포기하고 섬에 남았고, 정삼과 치영은 광주로 유학을 떠났다. 홀어머니의 홑살림에 애옥하기는 한가지였지만, 목사의 꿈을 가진 치영은 인문계로, 기계를 좋아한 정삼은 공고로 길을 잡았다.

고등학교 일학년 이학기 중간고사가 끝나고 얼마 안 있어 대통령이 '서거'했다. 등교하는 버스 안에서 치영은 그 소식을 들었다.

와끌시끌하던 평소와는 달리 버스 안이 현충일 식장처럼 숙연해 있고, 경쾌한 팝송으로 활기차던 라디오에서는 계속해서 경건한 음악만 흘러나오고 있었다. 분위기가 이상하다 싶어, 옆의 아저씨한테 무슨 일 있느냐고 물었더니, 대통령이 죽었단다. 잘못 들었나 싶어 다시 물었더니, '대통령이 어젯밤 갑자기 서거'하셨단다. 귀가 어젯밤에 잘못 돼버렸나 싶어 고개를 갸웃거리고 있는데, 라디오가 잠시 음악을 멈추고는, 아저씨 말이 맞다고 확인해 주었다. 라디오에서는 처음 들어보는 '서거'라는 말을 썼지만, 어쨌든 그것은 죽었다는 말일 것이었다. 만우절도 아닌 날에 방송이 공갈 친 것 아닌가. 그리 생각도 해보았지만, 그러기에는 다시 흐르기 시작하는 라디오의 음악이 너무 비창했다. 참말로 대통령이 죽었는 모양이다 그것이 진짜로 현실의 일인가 보았다.

　몽둥이로 뒷골을 한 대 얻어맞은 느낌이었다. '대통령'이 죽다니. 다른 나라 대통령도 아니고 우리나라 대통령이 죽다니. '대통령' 뒤에 붙을 수 있는 유일한 이름의 사람이, 그 이름 뒤에만 붙을 수 있는 '대통령'의 호칭을 가진 사람이 죽었다니. 세상에 이런 일이 있을 수 있는가. 임금님보다 더 높은 '그 대통령'이 어떻게 보통사람처럼 '죽는단' 말인가. 늙지도 죽지도 않고, 황제 같은 대통령이 되어 영원히 그 자리에 있을 절대적 존재로 알았는데, 그러면 그 대통령도 밥을 먹고 똥을 싸고 세월따라 늙었다가, 마침내는 죽어야 하는 '사람'이었단 말인가. 아무리 그래도, 아무리 밥을 먹고 똥을 싸는 '사람'이었다 해도, 대한민국을 손에 쥐고

떡고물 주무르듯 하던 사람이, 손가락 하나 까댁이는 것으로 멀쩡한 목숨도 저세상으로 보내버리는 무지막지한 힘을 가진 사람이, 어제까지 텔레비전에 나와 부하들에 둘러싸여 고갯짓을 하거나 손가락으로 이것저것 지시하던 사람이, 그런데 어떻게 하루아침에 저세상으로 가버릴 수 있단 말인가. 도대체 수긍하기가 어려웠다. 분위기 때문에 정말로 그런갑다고 고개는 끄덕이면서도, 섬에까지 다리가 놓였다는 것만큼이나 믿을 수 없는 일이라는 생각이었다.

참말로 대통령은 죽었고, 그것도 '부하의 총에 맞아 서거'했고, 그리고 땅에 묻혔다. '부하의 총에 맞은 것'이 또 한 번 사람들을 경악시켰지만, 죽은 사람에 대한 예의인지, 그동안 그 사람에게 든 주눅 때문인지, 사람들은 가능하면 그것은 말밥에 안 올리려 했다. 그 사람이 없으면 대통령 할 사람이 없어 순식간에 나라가 무너질 줄 알았는데 의외로 세상에는 아무 일도 안 일어났다. 전국적으로 시끌짝은 했지만, 그것은 그 '서거'한 대통령이 군홧발로 짓밟아버린 '민주주의'의 싹을 틔우려는 몸짓들이었다. 온 국민이 황폐화된 땅에서 민주주의의 씨톨이라도 찾아보려고 애면글면하고 있는 중에도 군인들 몇은 자기들끼리 벙커에 모여 그들만의 음모를 꾸미고 있었던 모양이다. 마치 그 조그만 대통령이 총 맞아 죽기를 이제나저제나 숨죽이고 침 삼키며 기다리고 있었던 듯, 면전에서는 무서운 주인 앞에 꼬리를 사리는 개처럼 죽는 시늉을 다하지만 속으로는 누군가 그 주인을 죽여주기를 간절히 바라고 있었던 듯, 그래서 자기들끼리는 진작에 작전을 다 짜놓고 있었는 듯, 대통령이 죽자마자 눈꼬리가 살쾡이처럼 치올라가 첫눈에 벌써 인정사정없는 독종임을 알 수 있는 머리 벗어진 군인이 전면에 등장했다. 그러더니 벗어진 자신의 이마빡에 금방금방 별을 달아댔다. 군대의 별이란 게 동네 꼬마들 전쟁놀이 때 담뱃갑의 은종이를 오려 이마빡에 밥풀로 붙이는 똥별이 아닐진대, 엿장수 마음대로 자신의 이마빡에 별을 탁탁 다는 것을 보면, 대한민국의 권력이 이미 그의 손안에 들어가 있다는 건 세 살 먹은 꼬맹이들도 알 수 있는 일이었다. 텔레비전에 뻔질나게 등장하는 것은, 앞으로 자주 나올 테니 미리 봐두라는 예고편이었다. 그 사람이 다음 대통령이 되리라는 건, 이마빡의 별을 똥별 취급하는 것을 본 어린아이도 어림할 수 있는 것인데 정치하는 눈봉사들만 모르는 듯했다. 정치인들은 온통 '대빡'에만 혈안이 돼 있었다. '범 없는 산중에는 여우가 대빡! 고래 없는 바다에는 새우가 대빡!'이라는데, '라이방'을 낀 '그 조그만 대빡'이 없는 세상에는 자신이 대빡일 거라서 미리부터 가슴이 콩닥대는지도 몰랐다. 그러니 서로 대빡이라며 자기들끼리 그렇게 멱살 잡고 죽자사자 싸우는 것일 게다. 진짜 대빡은 지하 벙커에서 오만 가지 작전을 다 짜놓고 입맛 다시며 신호탄 쏠 날만 호시탐탐 노리고 있는데 말이다. 그러니 대빡을 꿈꾸며 그렇게도 티격이고 태격이던 사람들은 결국 죽어라 죽을 쑤어서는 똥별 단 개에게 앗겨버리고, 이녁들은 허망하게 콩밥이나 먹을 수밖에 없었던 것이리라.

민주화를 부르짖는 데모가 전국적으로 번져가고 있었다. 그것은 분명 '전국적'이었다. 절대 '전라도'가 다른 데보다 심한 게 아니었다. 심하기로 치면 서울과 부산이 더하면 더했지 덜하지 않았다. 그런데 이상하게 '광주'에만 군인들이 들이닥쳤다. 할딱 벗어진 이마빡에 똥별을 네 개씩이나 단 그 군인과, 개처럼 그를 따르는 충직한 졸개들이 대부분 경상도 출신이어서 그런지도 몰랐다. 고향 까마귀에게는 차마 총을 겨눌 수 없어 맨맛한 타관 까마귀를 겨냥한 것이리라. 그 맨대가리 군인은 여럿을 겁주기 위한 '시범 케이스'로 '광주'를 점찍은 듯했다. 시범 케이스는 잔혹하고 포악하게 짓밟을수록 '시범 효과'가 증폭되는 법인데, 같은 억양을 쓰는 사람들을 '케이스'로 삼아 '시범'을 보이는 것은 많이 저어됐을 것이었다. 혹 모른다. 총 맞아 비명에 간 그 사람이 이전의 긴 세월 동안 대통령을 함으로써 이쪽 사람들은 얼마든지 '시범 케이스'로 삼아도 된다는 생각이 은연중 그들의 머릿속에 또아리 틀게 됐는지도 말이다.

시내가 난리가 아니었다. 등에는 M16을 엇매고 손에는 기다란 진압봉을 든 군인들이 사람들을 개 패듯 패고 다녔다. 젊은 사람들만 보이면, 머리통이고, 어깻죽지고, 허리고, 배고, 사타구니고, 장딴지고 간에 무조건 조져댔다. 대한민국 군인이 아니라 미친 개들에게 군복을 입히고, 손에는 몽둥이를 들리고 등에는 총을 매준 뒤, "마음껏 조진다, 실시!" 하며 호루라기를 불어버린 듯했다. 아니면 멀쩡한 군인들에게 눈깔 뒤집히는 흥분제를 먹여 미쳐 날뛰도록 한 것도 같고 말이다. 그 미쳐 날뛰는 개들 뒤에는 개줄을 쥐고 있는 종 같은 졸개들이 있을 것이고, 그 졸개들 뒤에는 채찍을 든 그 머리 벗어진 살쾡이가 째진 눈을 치켜뜬 채 지켜보고 섰을 것이었다. 자신의 이마빡에 제멋대로 별을 다는 걸 보면 군통수권도 이미 그의 손안에 들었을 것이니 모든 명령은 그 맨대가리에게서 나오는 게 당연했다. 그러니 그 맨대가리가 미친개들에게, 백주 대낮에 시내를 돌아다니며 맥대로 인간 사냥을 해도 좋다며 '화려한 휴가'를 보냈을 것은, 그 인간이 대통령이 될 거라 짐작할 수 있었던 그 어린애들도 알 수 있는 사실이었다. 나중에라도 그 더러운 종자의 입에서 명령권자가 자기라는 고백을 듣는 것은, 뒤꼭지까지 벗어진 그 맨대가리에서 새로 머리털이 돋아나는 것만치나 불가능한 일이겠지만 말이다.

상황이 더 심각해지는지 휴교령이 내렸다. 당분간 학교에 나오지 말되, 그렇다고 절대로 시내에 나가서도 안 되며, 말 잘 듣는 강아지처럼 죽은 듯이 집에만 처박혀 있으란다. 시골애들은 오늘 즉시 집으로 내려가란다. 버스가 안 다니니 걸어서라도 반드시 귀향하란다. 잘못하다가는 개죽음을 당할 수도 있단다. 지금보다 더 큰일이 벌어질 것 같으니 분명히 지시대로 하란다. 선생님은 조회와 종례를 묶어서 하고는 학생들을 집으로 돌려보냈다.

치영은 자취방으로 오면서 공중전화에서 정삼에게 전화를 걸었다. 주인집 아저씨가 잠깐 기다리랬다.

"아야, 너 집에 안 내려갈래? 큰일 벌어진다고 우리 선생님이

얼른 내려가라는데."

"나도 갈 거여. 근디 오늘 교회행사 있어서 그것 마치고 낼 갈라는데."

"야, 상황이 무서워지고 있다고 우리 담임이 쪼끔이라도 빨리 가라드라. 오늘 당장 가라든데."

"행사 마치고 가야 한께 낼 열 시에 우리 교회 앞에서 만내 같이 가자. 어차피 이쪽으로 빠져야 할 거니까. 우리 교회 알지야?"

버스가 안 다녀 걸어가야 할 판이니 나주쯤 가면 저녁일 터이었다. 그러니 내일 일찍 가는 게 나을 듯도 싶었다. 하루 간에 무슨 큰일이야 벌어지려고. 몹시도 허겁거리던 담임 얼굴이 머리를 스쳤으나 그러기로 했다.

"이이, 알어. 백운로타리 가기 전이지야? 글믄 낼 열 시다이. 시간 잘 지켜!"

자취방으로 와 간단하게 가방을 싸놓고 있는데 담양에서 학교에 다니는 형석이 찾아왔다. 녀석도 집에 내려가면서 지나는 길목이라 들른 것이다.

"치영아, 빨리 가자. 광주 시내 완전 살벌하드라. 사람들 총 맞어 죽고, 몽댕이 맞어 대가리 깨지고, 총검에 찔려 창수 터지고 난리도 아녀. 차도 제대로 안 다녀서 보로시 얻어 타고 왔다야. 뭔 일 날 성부르드라. 언능 가자."

형석은 잔뜩 겁에 질려 있었다.

"낼 정삼이 만내서 같이 가기로 했는데. 긍께 낼 같이 가자."

"아따, 무서 죽겄는데 오늘 갔으믄 쓰겄구마는."

그래서 치영은 그날은 형석과 자취방에서 같이 자고 다음 날 일찍 길을 나섰다. 버스가 제대로 안 다녀, 한참을 걷다가 버스가 오면 무조건 잡아타고, 방향이 안 맞으면 내려서 걷다가 또 잡아타며, 남평으로 빠지는 길목인 백운동 쪽으로 가까워졌다. 아침이라 그런지 시내는 아직 잠잠했다.

정삼이네 교회에 도착했을 때는 아침이 많이 기울어 있었다. 늦었나 싶어 교회 안의 시계를 들여다보니 아직 십 분 전이었다. 열 시가 됐는데도, 열 시가 넘었는데도, 그러고도 한참이 지났는데도 정삼은 안 나타났다. 시내 쪽에서는 총소리가 들려오기 시작했다. 형석이 무섭다며 그냥 가자 했지만 치영은 조금만 더 기다려보자 했다. 그러다 안 되겠다 싶어 치영은 교회 뒤편으로 돌아가보았다.

"실례하겠습니다."

살림집 문을 두드리자 목사인 듯한 사람이 나왔다.

"뭔 일이다냐?"

"저기……, 고등부 정삼이 좀 찾아왔는데요. 교회 앞에서 만내 시골 같이 가기로 했는데 안 나와서요."

치영은 인사를 하고 용건을 말했다.

"어디 사는데?"

그 사람이 안경 너머로 치영을 건너다보았다.

"완도요."

66

"어? 그쪽 애들 어제 행사 끝나고 바로 내려갔는데. 마침 가는 차편이 있어서."

그 사람이 슬리퍼를 꿰고 나오며 말했다.

"오늘 같이 가기로 약속했는데요."

"그 차 타고 가는 바람에 연락 못 하고 그냥 갔나 보네."

"아, 예, 알겠습니다."

치영은 인사를 하고 돌아섰다.

"조심해서 가거라이. 큰길로 가지 말고 어지간하면 뒷길로 해서 가야 쓴다이."

'큰길'로 가지 말고 '뒷길'로 가란다.

"아야, 정삼이 어제 가부렀단다야. 교회에서 차편 있어 갖고."

총소리가 들려서인지 형석은 안절부절못하고 있다.

"아따, 새끼. 약속을 했으믄 지켜야 한단 말이. 우리는 저 때문에 하루 늦췄구마는."

형석이 총소리 나는 쪽을 쳐다보며 볼통거렸다.

"그럴지 알았으믄 아까라도 갔을 것인디 괜히 시간 낭비했어야. 너머 늦어졌다 언능 가자. 벌써 총소리도 나고."

치영과 형석은 백운로터리를 향해 걸음을 재촉했다.

"아야, 치영아. 큰길로 가지 말고 뒷길로 돌아서 가자."

형석이 걸음을 멈추고 좌우를 살폈다.

"아따 바쁜데 그냥 가야. 군인들도 없는데 어찬다냐."

치영은 형석의 옷소매를 잡아끌었다.

한참을 걷는데 앞쪽에서 우, 하니 청년들이 떼거리로 달려왔다. 그 뒤에는 군인들이 진압봉을 들고 쫓아오고 있다.

"야, 도망치자!"

형석이 치영의 옷소매를 잡아끌었다.

"왜야? 우리는 고등학생인데 어쩐다냐?"

"아녀, 저 군인들 사람 안 가리고 대나캐나 패분당께! 어지께 내가 봤어야."

"아따, 괜찮하다께 그라네."

치영은 그대로 걸었고, 주춤거리던 형석은 아무래도 안 되겠는지 뒤돌아 뛰었다. 군인들을 피해 옆으로 비켜서려는 순간 진압봉이 치영의 왼쪽 어깨를 내리쳤다. 비명소리와 함께 치영은 그 자리에 고꾸라졌다.

"치영아!"

―병신새끼. 그대로 내달리지 뭘라고 뒤는 돌아보느냐!

치영을 짓밟던 군인들이 후다닥 달려가더니 진압봉으로 형석의 머리통을 여지없이 내리조겼다. 작대기로 담벼락의 호박을 내리칠 때처럼 퍽, 소리가 나는 게 영락없이 대갈통이 깨진 듯싶었다. 머리에서 피를 튀기며 형석이 그 자리에 팩, 자뿌라졌다. 바닥에 널브러진 녀석은 댓막가지로 얻어맞은 논둑의 개구리처럼 달달달 사지를 떨어댔다. 얼룩덜룩한 교련복이 발발 떨면서 피로 시뻘겋게 젖어지고 있었다.

치영은 엉금엉금 기어 골목 안쪽으로 간신히 몸을 밀어넣고는,

68

벽에 기댄 채 고개만 살짝 내밀어 형석을 지켜보았다. 어깨를 다치기도 했지만 무서워서 큰길로 나갈 엄두가 안 났다.

　─아 씨발, 큰길로 가지 말고 뒷길로 가라고 했는디. 뒷길로 가자고 했는디.

　뒤에서 트럭이 달려왔고, 두 사람이 형석을 맞잡이하더니 짚뭇 던지듯 짐칸으로 던져 올렸다. 그러고는 트럭은 멀어져 갔다. 붉게 적셔진 교련복인 채 어디론가 실려가는 형석의 마지막 모습이었다.

　"그때 나 혼자만 내려와서 미안했다. 마침 내려오는 차가 있어서 말이다."

　정삼은 사건의 내막을 모른다. 치영이 광주에서 어깨를 다쳤고, 그러고는 학교를 그만두었고, 나중에 고향에 내려와 농협에 다닌 정도까지나 안다.

　"형석이가 안 죽을 수도 있었는데 괜히 내가 같이 가자고 잡은 바람에 죽었다. 새끼, 그때도 뒤 안 돌아보고 도망쳤으믄 살았을 것인디. 뒷길로만 갔어도 됐을 것인디. ……병신새끼."

　"나 때문에 너 어깨 다쳤냐? 형석이도 그렇고?"

　"뭔 너 때문에 다쳤겄냐? 그 맨대가리 새끼들 땜세 그랬제."

　"그래에. 난 또 나 때문에 그런 줄 알고. 그나저나 수열이는 아직 가고 있냐?"

　정삼이 줄을 내려다보며 묻는다.

　"아직도 쪼깐씩 가고는 있다마는. 수열이 뻐치겄다야. 춥기도 하겠고."

치영의 눈길이 줄을 훑으며 저 먼 곳으로 뻗어간다.

깨어나 보니 병원이었다. 왼쪽 어깨에는 깁스가 돼 있었다. 골목에 쓰러져 있는 걸 사람들이 병원으로 데려왔단다. 어깨 다친 건 아무것도 아니란다. 트럭에 안 실려간 것만도 다행이란다. 죽어지고 자빠지고 사라진 사람들이 부지기수란다. 그 '부지기수'에서 빠졌지만 치영은 다친 어깨 때문에 시골에 못 내려가고 졸지에 병원에 입원한 신세가 되었다. 그래서 본 것이 세상의 지옥이었고 지옥의 세상이었다.

시내가 온통 전쟁터인 모양이었다. 탕! 탕! 탕! 계속해서 총소리가 들려왔고, 그때마다 앰뷸런스의 삐보! 삐보! 소리가 메아리인 양 퍼져갔다. 진압봉을 든 미친개들은 입에 게거품을 버글대며 쫓아다녔고, 행여 미친개에게 물릴세라 시민들은 이리저리 도망쳐 다녔다. 진압봉이 성에 안 찼는지 나중에는 착검을 하고는, 교련시간에 총검술 시범을 보이는 조교가 짚으로 만든 표적을 찌르듯 아무렇지도 않게 사람들을 푹, 푹, 찔러댔다. 적과 맞붙기 전 살아 있는 표적을 상대로 실전연습을 하거나 몸을 풀고 있는 듯한 품이었다.

병원 일층에 내려가 보면 도대체 사람의 형상일 수 없는 것들이 허투루마투루 널브러져 있었다. 머리 한쪽이 날아가버린 사람, 얼굴이 완전히 으깨져버린 사람, 어떻게 맞았는지 눈알 하나가 빠져버린 사람, 칼에 찔렸는지 총에 맞았는지 창자가 뱃가죽

밖으로 삐져나온 사람, 칼질이라도 당했는지 목이 반쯤 잘려 덜렁거리는 사람……, 온통 피의 범벅이고 피의 바다였다. 명절 때 돼지를 잡는 집 마당이 그랬다. 시멘트 바닥은 온통 핏물 범벅이고 저만치에는 배가 갈라진 돼지가 시뻘건 살덩이를 드러낸 채 널브러져 있었다. 병원 로비가 마치 배 갈라진 돼지 수십 마리를 부려놓은 널따란 마당 같았다. 인간 세상의 모습이 아니라 어디 도살장이랄 수밖에 없는 광경이었다. 병원 마당 한구석에는 여러 구의 시신들도 보였다. 시트라도 천신해 덮었으면 그나마 운이 좋은 경우였지만, 어떤 시신은 쓰레기처럼 대나캐나 버려져 있었고, 그 위에는 죽은 고양이나 쥐의 사체에처럼 파리가 들끓었다. 사람의 시신이 마치 쥐약 먹고 뻣뻣이 굳어버린 개의 사체 같았다. 인간이란 존재가 개나 돼지만도 못해 보였다. 그래도 개나 돼지는 사람들이 그것들을 먹어, 치우기라도 하잖는가.

밤이 되자 총소리는 잠잠해졌다. 내일을 위해 오늘은 그만 휴식에 들어간 모양이었다. 어른들이 소주를 사 와 병실에 오종오종 둘러앉았다. 술을 마실 수밖에 없는 낮의 밤이었다. 간호사들이 모두 일 층으로 내려가 있어 뭐라 할 사람도 없었지만, 술 마시는 모습을 본다 해도 뭐라 할 분위기도 아니었고, 뭐라 해도 들을 기분들도 아니었다. 자리에 끼워주어 치영도 서너 잔 얻어 마셨다.

술이 서너 잔 들어가 아리까리한 정신으로 치영은 창밖을 내다보았다. 불 꺼진 건물들이 많은 탓에 도시는 여느 때보다 훨씬 어둑신했다. 낮에 본 찢겨진 장면들 때문에 더 그리 보이는지도 몰랐다. 도시의 어느 컴컴 어둠 속에 굶주린 사냥개처럼 잔뜩 몸을 웅크리고는, 내일의 학살을 위해 총검을 갈고 총구를 손질하고 있을 군인들이 떠올라 그럴 수도 있었다. 그런데 그 어둑한 도시를 배경으로 유난히 빛나는 것들이 있었다. 십자가였다. 낮에 보았던 핏빛 같은 색으로 불을 밝힌 십자가가 도시의 하늘 여기저기에 힐쭉헬쭉 솟아 있는 것이다. 낮에 있었던 도시의 피비린내를 아는지 모르는지, 피의 살육으로 질러대는 도시의 비명소리를 들었는지 못 들었는지, 십자가들은 죽음의 도시 위에 네온으로 서서 무심히 빛나고 있었다. 십자가 밑의 세상은 사람들의 것이고 십자가는 하늘나라의 것이라는 듯, 신성한 십자가는 세상의 속된 일들과는 아무 관련이 없다는 듯, 그러니 세상은 피로 얼룩져도 십자가는 붉게 불을 켠 채 하느님 나라를 향해야 한다는 듯 그러고 있는 것이다. 그것은 마치 그 도시의 일은 그 도시의 것일 뿐 다른 지역과는 아무 관계가 없다는 듯, 빨갱이들이 많은 그 도시는 간첩과 불순분자들을 불러들여 스스로 매를 벌어 그러고 있다는 듯, 그러니 매를 어넙시 더 맞아야 정신을 차릴 것이라는 듯, 팔짱 낀 채 구경만 하고 있는 다른 도시의 사람들과 별반 다를 게 없었다. 술을 마셔서 그랬는지, 잔혹했던 낮의 장면이 여직 머릿속에 남아 있어서 그랬는지, 치영의 눈에 비친 그 붉은 네온들은 마치 요염하게 춤을 추는 무희처럼만 같았다. 터지고, 맞고, 찔리고, 베어져 피 흘리며 죽어가는 사람들과도, 신음하고,

울부짖고, 땅을 치며 통곡하고 있는 세상과도 무관하게 홀로 붉은 빛깔로 솟아 있는 십자가가, 사람들의 슬픔이나 눈물과는 상관없이 스스로의 춤에만 도취되어 온몸을 꼬아대는 무희와 크게 다를 바 없어 보이는 것이다.

치영은 그 순간, 그리도 고이고이 간직해 왔던 시골 교회 종탑 위의 그 하얀 십자가를 마음속에서 지웠다. 세상은 저처럼 피 흘리고 있는데, 사람들은 깨지고 찢어져 죽어가고 있는데, 나몰라라 홀연히 붉은 빛으로 반짝이는 무희 같은 네온의 십자가는 치영에게 더 이상 아무 가치가 없었다. 그것은, 치영이 그 아래 무릎 꿇고 기도하는 십자가가 아니었고, 치영이 간절히 믿어왔던 하느님도 아니었다.

"그때 너랑 같이 내려왔어야 했는데."

무슨 느낌이 드는지 정삼이 치영을 보며 말한다.

"줄이 더 안 간다야. 수열이 못 가졌는갑다. 땡겨봐야겠다."

치영은 일부러 정삼의 말을 피한다.

치영이 당기려자 정삼이 고팽이를 달래서 줄을 당긴다. 줄이 팽팽해지자 저쪽에서 톡톡, 당겨달라는 신호가 온다. 정삼이 급하게 줄을 당긴다. 치영도 힘을 보탠다. 한참 후에 수열이 안갯속에 모습을 드러낸다. 헤엄칠 힘이 없는지 추워서 그러는지, 두 손으로 줄을 잡은 수열이 굼벵이처럼 몸을 잔뜩 옹크린 채 동동 딸려오고 있다.

"으으, 아, 안 되겠다야. 추, 추와서, 모, 못 가졌다야. 너머 멀어."

배의 등거리에 당겨올려진 수열이 딱딱딱 이빨을 맞부딪히며 온몸을 오슬거린다.

안개는 굳게 자물쇠를 잠갔고, 열쇠는 없다. 바다 한가운데 까파져 있는 배의 등거리 위다.

저 높은 곳만을 향하여

허리에 매끼처럼 줄을 묶고 살아날 방법을 찾아 바다를 헤엄치며 수열이 몇 모금은 먹었을 터인데도, 안개는 도통 옅어질 줄 모른 채 그대로이다. 마치 세 사람을 안개의 올무로 목을 조여놓고 야금야금 갉아먹으려는 듯하다.

"아야, 정삼아, 너 물에 들어가지겠냐?"

정삼이 멀뚱히 수열을 바라본다.

"뭐 할라고야?"

뒤에 있던 치영이 끼어든다.

"서, 선실에, 이불 있을 건디, 무, 물속에 들어가서 그, 그것 잔 갖고 오라고. 그거라도 더, 덮어야 쓰겄다. 추, 추와서 안 되겠다야."

수열이 이빨을 맞부딪히며 간신히 말을 맺는다. 어지간하면 자신이 들어가겠는데 조금 전에 물에서 나온지라 엄두가 안 나는 모양이다.

"내가 가께."

치영이 스르르 갯물로 미끄러져 내리더니 배 밑으로 들어간다. 한참 있다 치영이 물에 젖은 이불 하나를 힘겹게 끌고 올라온다. 정삼이 그걸 받아 잡아 올린다. 치영이 다시 배 밑으로 잠수하더니 아까만큼이나 있다 솟아오른다. 이번에도 치영의 손에는 갯물에 흠씬 젖은 이불이 들려 있다. 마치 해녀들이 물질을 해서 전복이나 소라를 따오듯 치영은 배 밑으로 들어가 이불을 꺼내오는 것이다. 정삼이 다시 이불을 받아 올리고는 치영의 손도 잡아준다. 수열과 정삼이 이불을 맞잡아 비틀어 갯물을 짜낸다. 그러고는 정삼은 치영과 함께, 수열은 혼자서 갯물에 흠벙 젖은 담요를 둘러쓰고 쪼그린다.

"아, 동근이 이, 이 자식이 와야는데. 하, 하느님네! 조, 조상님네! 제발하고 동근이 잔, 보, 보내주시오!"

수열이 이를 맞부딪히며 큰 소리로 외친다. 소리는 몇 발짝 못 뻗어가고 안개에 슴배어버린다.

"아야 정삼아, 느그 하느님께 기, 기도 잔 더 해봐라. 도, 동근이 잔 보내주라고."

수열이 정삼의 등거리를 탁탁 두드린다.

"치영이 너, 너도 아무 데나 잔 빌어보고."

수열이 이번에는 치영의 등짝을 찰싹인다.

방금 전에 물에 들었다 나와서인지 치영도 몹시 오슬댄다. 바들바들 떨고 있는 치영의 어깻죽지가 정삼의 어깨로 전해져 온다. 어렸을 적 선창에서 시간 가는 줄 모르고 한하고 물에 들어 오후 내내 헤엄치고 난 석양녘이 그랬다. 입술은 푸르딩딩해졌고, 고추는 볼펜스프링처럼 잔뜩 오므라져 살 속에 숨어들었다. 집에는 가야는데 엄니의 꾸지람이 무서워 자꾸 자춤거려졌다. 갯바위 사이에 불을 피우고 놀다 날이 어둑해져서야 고양이걸음으로 살금살금 집에 들어갔다. 그때와 진배없는데, 엎어진 배 위라서 불을 피울 수 없는 것과, 가고 싶어도 마음대로 못 가는 것이 다르다.

　오른 어깨에 맞닿인 치영의 왼 어깻죽지가 푹 꺼져 있다. 그래서인지 치영은 왼팔이 무척 불편해 보였다. 아까 배가 뒤집혀 헤엄칠 때도, 조금전에 배 밑에 들어가 이불을 꺼내 올 때도 치영은 거의 오른팔로만 헤엄을 쳤다. 광주에서의 난리가 있고 난 뒤 추석에 만났을 때 치영은 그리 돼 있었다. 어찌 된 거냐고 물어보고 싶었지만 그럴 수가 없었다. 좋은 일이 아니기도 했고, 치영이 그전과는 많이 틀려져 있기도 해서였다. 그 선하고 온순해 뵈던 눈은 낫날처럼 날카롭게 변해졌고, 다감스럽고 다정했던 말투는 배배 꼬인 새끼줄처럼 엇걸이로 뒤틀려 있었다. 거기에다 마치 마시고 죽겠다는 듯 이기지도 못하는 술을 노대로 부어댔다. 그러고는 꼬장이었다. 아직 고등학교도 졸업 안 한 녀석이 세상의 절망이란 절망은 다 짊어진 폐인 꼴이 돼 있었다. 왼 어깨가 불구가 된 것이 원인인 듯했는데, 어디 광주에서 병신 된 사람이 저 혼자뿐이던가. 자세히 안 밝혀져 그렇지 죽은 사람만도 수백 명이랬다. 이제 막 피어나는 꽃 같은 청춘에 불구가 돼버린 게, 그런 몸으로 평생을 살아야 한다는 게, 어찌 그믐밤 같은 절망이 아닐 수 있으랴만, 허나 진압봉에 깨지거나 총검에 찔리거나 총알에 뚫려 저세상으로 가버린 사람들에 대면, 몸 한쪽 망가진 건 그나마 나은 축에 들었다. 그런데도 광주에서의 모든 상처를 혼자 짊어진 듯한 치영의 모습에 정삼은 눈꼴이 시었다. 명절에 두어 번 그 꼬라지를 보고는 다시는 치영과 자리를 안 섞었다.

교회에서 차를 타고 내려가면서 치영과의 약속이 마음에 안 걸린 건 아니었다. 자기 때문에 치영은 하루를 늦췄는데 아무 말 없이 혼자만 차를 타버렸으니 속이 편할 리 없었다. 하지만 차를 안 탈 수 있는 상황이 아니었다. 터미널이 폐쇄되어 광주를 드나드는 모든 버스가 끊긴 상태였다. 시골에 가려면 몇 날 며칠을 걸어야 할 판이었다. 그런데 안성맞춤처럼 그쪽으로 내려가는 차편이 있는 것이다. 치영이도 같이 타고 가면 좋겠는데 연락할 방법이 없었다. 녀석은 변두리에 있는 학교 근처에 자취방을 얻고 있어 주인집에 전화가 없었다. 약속을 깨는 게 영 찌무룩은 했지만 나중에 시골에서 만나 사정 얘기를 할 참이었다.

방학이 아닌데도 애들이 모두 시골에 내려와 있었다. 광주나 목포나 담양에서 학교에 다니는 애들이었고, 읍에서 다니는 애들은 광주에 걸물어 휴교를 한 것이었다. 애들은 초가집 작은방에 모여 광주에서의 활약상을 나불나불 떠들어댔다. 돌과 화염병을 던져 공수부대와 싸운 녀석에, 각목을 들고 공수들과 맞짱뜬 녀석에, 친구들끼리 공수 둘을 붙잡아 곤봉과 총을 빼앗고 옷까지 벗길 정도로 용감한 녀석에, 벼라별 녀석이 다 있었다. 조금더 들어주다 보면, 그 눈 째진 군인의 할딱 벗어진 맨대가리에 마른 닭똥처럼 붙어 있는 똥별을 새총으로 쏴 떨어뜨려버렸다는 녀석까지 생길 판이었다. 본 사람이 없다고 모두들 씩둑각둑 떨어보는 허풍들이었다.

그나마 믿을 만한 것은 카스테레오였다. 중학교 때부터 남의 물건 돌르기를 잘했던 녀석이었는데, 송정리 어디쯤을 걸어오다 고랑창에 빠져 있는 차에서 떼어 왔단다. 진짜로 그랬는지, 개 못주는 제 버릇이 시켜 멀쩡하게 세워진 차에서 몰래 떼 왔는지는 알 턱이 없었다. 애들은 내력을 알 수 없는 카스테레오에 〈나 어떡해〉나 〈세상 모르고 살았노라〉를 틀어놓고 고고를 추며 놀았다. 같이 내려와 있는 여자애들 두엇이 양념처럼 끼어 살짝살짝 몸을 흔들었다. 애들은 때 아닌 방학으로 신이 나 있었다. 언론이 완전히 통제돼 광주의 절박하고 참혹한 상황이, 다른 지역 사람들에게는 개가 사람을 물었다는 뉴스만큼도 관심의 대상이 안되듯, 안다고 해 봐야 북괴의 사주를 받은 무장폭도나 불순분자들의 난동으로 치부하고, "역시 깽깽이는 빨갱이새끼들!"이라며 눈살을 찌푸리고 말듯, 눈에서 멀어진 광주 역시 더 이상 애들의 관심사가 아니었다. 머리통이 깨져 골수를 흘러내리며 죽어가고 있든, 빠져버린 한쪽 눈알을 손에 움킨 채 울부짖고 있든, 총알이 관통한 목인 채 팔개월 된 배를 그러안고 두 생명이 서서히 꺼져 가고 있든, 총검에 젖가슴이 찔려 하얀 교복을 피로 물들이며 꼴깍꼴깍 마지막 숨을 가누고 있든, 어쨌든 그것은 거기 있는 사람들의 몫일 뿐 절대 밖에 있는 사람들의 일은 아니었다.

수업이 재개되고 몇몇 자리에는 애들 대신 하얀 국화가 놓였지만 그것 역시 남의 일이었다. 죽은 것도 다친 것도 다 저저금의 운명이었다. 타고난 운명이란 다른 사람이 대신 져줄 수 있는 게 아니므로 자신의 운명은 자신이 사는 수밖에 없다. 그때 마침 차편이 있어 무사히 시골에 갈 수 있었던 것도, 아무 일 없었던 듯 학교에 다니고 있는 것도, 다 하느님이 관장하시는 한 인간의 운명일 터이었다.

삼학년이 되자 대부분의 애들이 실습을 나갔지만 정삼은 대학 입시를 준비했다. 손톱 밑에 까만 기름때가 끼인 공돌이로 세상을 살고 싶지는 않았다. 같은 분야일지라도 이왕이면 좀 고급스러워 보이고 폼도 나고 싶었다. 운이 좋았는지 정삼은 그 도시의 사립대 야간부에 합격했다. 공고생으로서는 나름 빛나는 훈장이었다. 좋은 운명을 타고난 사람은 역시 인생이 잘 풀리게 돼 있는 법이었다.

사 년의 대학생활은 정삼에게 오줌 누고 아랫도리 볼 틈도 없는 시간이었다. 낮에는 학비를 벌기 위해 공장에서 기계를 돌리고, 밤에는 피곤한 몸을 끌고 학교에 가야 했다. 주변을 돌아볼

이에짬도 없었고, 그럴 생각도 없었다. 미팅이나 소개팅은 돈 있고 할 일 없는 갓진 애들이나 하는 속창시 빠진 짓거리로 보였고, 날이면 날마다 머리에 붉은 띠 두르고 화염병 던지는 데모는 비싼 등록금 내고도 공부하기 싫은 놈들이 부리는 해찰이었다. 그런 자식들을 위해 쎄빠지게 일하는 부모들이 불쌍했다. 부모들의 뼛골을 빼먹으며 그따위로 사는 놈들은 싸그리 잡아다가 악명 높은 '삼청교육대'에 보내 정신을 차리게 해야 한다. '삼청교육대'를 더 많이 만들어야 새끼들이 정신을 차리는데, 대통령이 되더니 그 사람이 너무 순해진 건 아닌지 모르겠었다. 이마빡에 똥별 달고 있을 때처럼 거침없이 처버려야 하는데 말이다.

애면글면 대학을 졸업한 정삼은 바로 서울로 향했다. 자신은 '제주도로 보내진 말'이나, '광주에 버려진 소가 아니라, '서울로 보내진 사람'이고 싶었다. 자신이 살아야 할 곳은 '서울'하고도 '특별시'여야 했다. 그곳만이 자신에 맞는 땅이었다. 그곳을 제외한 어떤 곳도 자신이 있을 데가 아니었다. 달랑 가방 하나 메고 설레임 반 두려움 반으로 그곳에 발을 디뎠는데, 역시 '특별시'는 그 이름답게 호락호락하지 않았다. 지방대에다, 그것도 야간부 졸업생을 불러주는 곳은 어디에도 없었다. 면접 볼 기회조차 안 줬다. 그것을 알아차리는 데 반년이 걸렸다. 방법이 없지 싶어 학원강사 쪽으로 방향을 틀었다. 그곳은 그런 것 저런 것 안 따질 듯 싶었고 우선 밥을 먹어야 했다. 이왕이면 다홍치마라고, 부자동네라는 강남 쪽으로 자리를 알아보았다. 운이 좋았는지 대한민국에서 젤로 부자동네라는 곳에 직장을 잡을 수 있었다.

학원강사를 시작하면서 정삼은 자신의 모든 것을 개조하기로 마음먹었다. 지금까지와는 전혀 다른 사람이 되는 것이었다. 그 첫 번째 시도가 '전라도'를 지우는 일이었다. 서울에 발을 들여놓으면서부터 그것은 시작됐지만 이제는 자신의 뼛속까지 바꾸기로 작정했다. 시류에 발맞추어야 한다는 나름대로의 판단에서였다. 예견했던 대로 역시나 그 눈초리 매서운 군인이 대통령이 되었고, 대한민국의 모든 권력은 다시 하나부터 열까지 그쪽 사람들이 쥐게 되었다. 그러자 국토의 서남쪽은 그전처럼 버려진 땅이 되었다. 그곳은 단지 버려지는 데 그치지 않고 불온한 종자들을 만들어내는 음험한 땅으로 낙인찍혔다. 그곳 출신들은 비열하거나 난폭하거나 반역적이어서, 그들은 사기꾼이든가 조폭이든가 빨갱이 중의 하나여야 했다. 그쪽 사람들은 그 셋 외에 다른 것이 되면 안 되었다. 그들은 그런 것들만 되어야 했고, 그런 것들은 모두 그쪽에서만 나와야 했다. '그런 것들'은 곧 그쪽과 동일시되었다. 텔레비전 프로나 영화에 등장하는 '그런 것들'은 예외없이 그쪽 억양을 썼다. 똑같은 조폭이라도 저쪽은 정정당당히 맨주먹으로 멋지게 싸우지만 그쪽 출신들은 비열하게 뒤에서 칼로 찔러댔다. 양아치들이었다. 그러니 그쪽 인간들은 상종해서는 안 되는 종자들이었다. 그런 태도는 점점 일반화돼 어느새 사람들의 의식에 굳건히 자리 잡게 되었다. 그러니 그쪽 냄새를 풍겨서 좋을 게 없었다. 그 냄새의 시작이 일명 '껭껭이투'였다. 사람들은 그쪽 말투를 그렇게 불렀다. 정삼은 피를 간다는 심정으로 그 피에 묻어 있는 말투를 바꾸었다. 말꼬리를 철저히 군대식으로 맺음으로써 상대방이 어림할 수 없도록 했다.

다음으로 한 일이 교회를 옮기는 것이었다. 고시원 한 칸을 얻어 살고 있는 신림동의 가난한 교회에서 학원이 있는 동네의 큰 교회로, 서울 변두리의 곰팡내 칙칙한 지하의 구질구질한 교회에서 서울에서도 제일 부자동네의 가장 큰 교회로 적을 바꾼 것이다. 땅값 비싸기로 소문난 동네에 궁궐만큼이나 커다란 건물과, 그런 건물 세 개는 더 앉힐 수 있는 주차장이 있고, 일요일만 되면, 인기가수 콘서트에 몰려가는 아이들처럼 교인들이 모여드는, 대한민국에서 절대 버금에 안 서는 교회였다. 교회 건물이나 주차장, 그리고 교인의 수로 드러난 외양은 차치하고라도 교인들이 벌써 수준이 달랐다. 텔레비전에서나 볼 수 있는 정치인, 기업인, 연예인들이 경광봉을 들고 주차안내를 하는 곳이 그 교회였다. 밖에 나가면 사람들의 시선과 우러름을 한 몸에 받는 사람들이 평범한 신도가 되어 그런 하찮것없는 봉사를 하는 것이다. 역시 하느님은 만능의 주님이셨다.

그런 곳으로 옮겼으니 철저히 위만 쳐다보며 살자는 게 정삼의 인생관이 되었다. 자신보다 높은 사람, 더 많이 가진 사람, 더 많이 알고 더 똑똑한 사람들만을 올려다보며 오직 그들과 같아지는 걸 지상목표로 삼았다. 자신의 목표를 달성하는 데 도움을 줄 수 있는 사람, 자신과 격이 맞는 사람, 대화가 통하는 사람, 그런 사람들만 만나고 그런 사람들과만 관계를 유지하려 했다. 그렇지 못한 사람은, 그가 친척이든 친구든 고향사람이든 누구든 돌아보지 않았다. 오직 저 위쪽만이 정삼의 눈이 가 있어야 하는 시선의 탄착점이었다.

그 동네에 있는 교회를 다니며 그 동네의 학원에서 강사로 십 년을 채운 정삼은 그 동네에 학원을 열었다. 학원의 낮과 밤이 어떻게 돌아간다는 것을 파악하는 데 십 년이 걸린 셈이었다. 자신이 몸담았던 학원 근처에 새로 학원을 여는 것은 상도덕에 어긋난다며 그쪽 원장이 가만 안 두겠다고 엄포를 놓았지만 그런 걸 따질 계제가 아니었다. 사업이라는 것이 결국은 네가 죽어야 내가 사는 제로섬게임 아닌가. 도덕이고 나발이고 오직 약육강식과 적자생존만이 진리인 앗싸리판이 그곳이다. '도덕'이라는 것은 옛날 초등학교 교과목에나 있으면 되는 것이었다. 더 이상 버틸 여력이 없어 판을 걷으면서, 나는 양심적이고 도덕적으로 사업을 했다는 인간처럼 세상에 천치가 있을 수 있을까. 그런 말은 인생 낙오자들이나 뱉어내는 자기변명의 언턱거리에 불과하다. 수단과 방법을 안 가리고 살아남은 것만이 장땡인 것이다.

학원 이름은 '국보(國寶)'로 지었다. 어떤 국문학자가 자신을 과시하기 위해 스스로를 그렇게 불렀다는 데서 따온 이름이었다. 학원이 '나라의 보물'이 되면 나라가 망하는 꼴이 되겠지만, 어차피 대한민국 교육 자체가 망해가는 꼴이니 학원이 나라의 보물이 되어도 그리 이상할 것도 없지 싶었다. 그 거창한 이름에는,

자신의 학원을 반드시 나라의 보물로 만들겠다는 정삼의 야심찬 포부가 들어 있는 것도 사실이었다.

학원을 시작한 정삼은 상식으로는 도저히 이해가 안 될 정도로 무지막지하게 밀어붙였다. 밤이고 낮이고가 없었다. 새벽 한 시고 두 시고 간에 학원의 불이 꺼질 줄 몰랐다. 시험 때는 아예 애들을 학원에서 밤을 새우게 하고는 바로 학교로 보냈다. 시험을 잘 치고 못 치고는 나중 문제였다. 죽어라고 열심히 한다는 인상을 부모들에게 심어주는 게 중요했다. 어떤 부모도 그렇게 하는 걸 마다하지 않았다. 제발 다른 부모가, 우리 애는 그렇게 못 시킨다며 애를 데려갔으면 하는 게 부모들의 공통된 심리였다.

스파르타식 운영도 정삼의 한 특징이었다. 정삼은 군대식 질서가 좋았다. 그래서 학원도 그렇게 만들었다. 애들은 선생님들을 보면 공손히 인사해야 하고, 복도를 걸을 때는 왼쪽으로 붙어 뒤꿈치를 들고 사뿐거려야 한다. 담배냄새가 나거나 화장을 한 녀석들은 바로 퇴원조치였다. 강사들이 마음에 안 들면 정강이 까는 것은 일상이었고, 학생들에게 몽둥이질하는 것은 질서에 필요한 양념이었다.

모든 것이 잘 맞아떨어졌다. 정삼의 전략과 작전이 현실과 기가 막히게 아귀가 맞아지는 것이다. 학원은 차고 넘쳤다. 한 해 겨울방학이 되면 학생 수가 두 배로 뻥튀어졌고, 이듬해에는 새로 건물을 얻어 학원을 확장해야 했다. 정부미 포대에 돈을 담아 집에 부리면 아내는 밤을 새워 돈을 셌다. 나중에는 여직원을 딸려 같이 세도록 해야 할 판이었다. 그런 호황이 십 년 넘게 이어졌다. 사교육으로 성공한 누군가는 코스닥에 상장했고, 어떤 이는 대학까지 포함된 학교법인을 인수했다. 바야흐로 사교육이 공교육을 집어삼키고 있는 현실이었다. 대한민국의 공교육이라는 게 황소 같은 사교육의 다리에 붙은 진두개 정도로 전락해 있었다. 그 분위기를 타고 정삼은 시나브로 자신의 영역을 넓혀갔다. 그 부자 동네에 빌딩도 두 채 샀고 사업체도 여러 지역으로 확장했다. 아는 사람들 사이에서는 학원 재벌로 통했다. 대한민국 학원가에서 열 손가락 안에 꼽힐 정도로 정삼은 성공한 사업가가 돼 있었다.

그런 사람이, 그렇게 대단한 사업가가, 지금 뒤집힌 배 위에서 젖은 이불을 덮어 쓴 채 오슬오슬 떨며 삶과 죽음의 갈림길에 서 있는 것이다. 부자동네의 오 층짜리 건물 하나를 팔아도 쾌속정 하나 못 부르고, 대한민국에서 제일 비싸다는 아파트를 팔아도 죽어버린 핸드폰을 못 살리는 것이다. 이 억짜리 자동차를 주어도 뗏마 한 척 못 띄우고, 신도시에 묻어둔 노른자위 땅을 팔아도 무전 한 번 못 날리는 것이다. 어떻게 이런 기막힐 일이 있을 수 있는가. 평생 번 돈으로도 안 되고, 또 그렇게 신실히 믿는 하느님께 기도해도 안 되는 이런 막돼먹은 경우가 어디 있는가. 이런 곳이 어떻게 안 믿는 자들이 가는 지옥이 아니고 사람이 숨 쉬며 살고 있는 이 세상에 있을 수 있느냐 말이다. 정삼은 길게 한숨을 내쉰다.

"아야, 안 되겠다. 이러다가 얼어죽겄다야."

수열이 둘 사이를 비집고 들어와 팔짱을 낀다.

한 이불을 둘러쓴 채 옹크린 세 사람의 모습이 마치 바다 가운데 봉긋 솟은 뫼뚱 같다. 처조카가 벌초한 처삼촌 묘처럼 대충대충 깎아 풀이 우중우중 자란 그런 뫼뚱이다. 이불 밑의 존재들이 오스스 떨 때마다, 갯물에 젖은 이불이 마치 바람에 날리는 뫼뚱의 풀처럼 흔들리는 게, 영락없이 그것과 똑땄다.

아짐찬했다

"한날한시에 죽게 생겼으니 셋이서 의형제가 맞기는 맞는갑다."

수열이 오슬거리며 치영과 정삼을 돌아본다.

"죽어가는 판에 너는 시방 농이 나오냐?"

치영이 으스스 몸을 떨며 대꾸한다.

오직 그것만이 살아날 수 있는 유일한 방법이라는 듯, 정삼은 덜덜 떨면서도 손을 모은 채 계속해서 무어라고 웅얼대고 있다.

"수열아, 인자사 말이다만 그때 참말로 고마웠다."

치영이 수열을 돌아본다.

"뜬금없이 뭔 소리다냐?"

수열은 생뚱스럽다는 표정이다.

"그때 아짐찬했다고 임마. 나 어깨 다쳐 내려와 술만 퍼묵고 살

때 말여.”

“이 자식은? 안직 죽을 때 아니구만 이상한 소리하고 자빠졌네. 울엄니가 글든데, 쌩판 안 하든 소리하믄 금방 뒈진다드라 임마.”

수열이 치영의 어깨를 툭툭 친다. 안 그래도 작은 덩치인데 왼쪽 어깨까지 망가진 치영은 수열의 오른 겨드랑이에 파묻힌 듯하다.

“나는 진짜로 그때, 세상이고 나발이고 다 포기하고 죽어삘라 그랬었다.”

치영이 한숨을 날숨으로 길게 뱉더니 말을 잇는다.

“너랑 동근이 아니었으믄 뽈세 죽어벴을 거이다.”

“염빙하네 새끼. 혼자된 느그 엄니는 어차고야?”

“빙신 돼갖고 아무 희망도 없는데 엄니가 눈에 뵀겄냐?”

“더한 사람도 다 살드라 임마. 광주서 난리통에 죽어벤 사람들도 어넙시 있다든만 그라네. 헹석이 같은 놈은 어차라고야?”

수열의 말이 쇠꼬챙이가 되어 치영의 가슴을 찌른다. 수열은 치영과 형석의 일을 모른다. 광주에서의 사건으로, 한 친구는 죽었고, 한 친구는 병신이 되었다는 것, 형석이 처음에는 광주에 묻혔다가, 얼마 후 섬으로 데려왔다가, 다시 뼈를 파 광주로 가져갔다는 이야기나 귀너머로 들었다. 그 뒤에 형석의 아버지가 홧병으로 술만 마시다 세상을 떴고, 아들과 남편을 연달아 잃은 그 집 엄매가 눈물로 세월하고 있으며, 그런 형석이네 엄니에게 치영이 지극정성이라는 정도나 알 뿐이다.

“헹석이 그 자식 생각하믄 가슴이 찢어진다. 그 새끼 땜세 더

괴로웠고, 그 새끼 땜세 살어야겠다고 생각한지도 모르겄다."

광주가 잔혹하게 진압되고 얼마 있다 치영은 시골로 내려왔다. 쇄골이 부서져 왼팔을 제대로 쓸 수 없게 됐고, 몸도 왼편으로 짜웃이 기울어져 있었다. 뼈가 어느 정도 굳은 후에도 치영은 학교로 안 돌아갔다. 그런 꼴로 친구들 앞이나 세상에 나설 자신이 없었다. 공수들이 쓸고 간 자리에는 몇 백의 시신들이 나뒹굴고, 시신들보다 많은 사람들이 소리소문없이 사라져버렸으며, 사라진 사람들보다 몇 곱의 사람들이 불구가 된 터여서, 그 도시의 사람들에게 치영의 모습은 크게 이상할 것도 없고, 그렇게 된 것이 부끄러운 것이 아니라 외려 시민의 도리를 다한 용감한 것으로 여겨지는데도 치영은 그 도시로 올라가기가 싫었다. 거기에는 형석에 대한 죄책감도 일정 정도 섞여 있었다. 자신이 다음 날 가자고 안 했었으면 형석은 전날 핑 고향으로 향했을 것이고, 다음 날도 뒷길로 돌아갔었으면, 또 그 자리에서 뒤를 안 돌아보고 곧장 뛰었더라면, 형석에게는 아무 일 없었을지 모른다. 그랬으면 공수들은 자신을 짓이겼을 것이고, 어쩌면 자신이 그때 그 자리에서 트럭에 실려 지상에서 꺼져버렸을지 모른다. 자기가 잡아서, 자기가 말을 안 들어서, 자기를 돌아보느라 형석이 죽었다며 치영은 자책의 쇠꼬챙이로 자신을 찔러대는 것이다. 형석에 대한 그런 죄책감 옆에 나란히 붙어 있는 게 병원에서 보았던 피투성이가 된 사람들의 모습이었다. 정육점의 커다란 도마 위에 부려진 고깃덩이같이 병원 마당에 널브러져 있던 몸뚱이들이 내내 뇌리에서 안 지워지는 것이다. 자신의 눈으로 직접 보았지만 그것이 정말로 사람들의 시신이었다고는 도무지 수긍이 안 되었다. 마치 봄날 그 어름에 학교에서 단체로 어디 도살장에 견학이라도 갔다 온 건 아닌가 하는 생각이 드는 것이다. 치영의 머릿속은 그런저런 것들로 뒤죽박죽인 채 육개장 솥단지처럼 부글부글 끓고 있었다.

이제 고작 고등학교 이학년이 취할 행동은 아니었지만 치영은 노대로 술만 마시며 지냈다. 처음에는 동네 어른들 눈치를 봐가면서 마셨지만 점차 막무가내가 되어 갔다. 집에 술이 없으면 엄니에게 행패까지 부렸다. 그 착하고 싹수 있던 아들이 어깨가 부서져 불구가 되더니 망나니로까지 나가버린 것이다. 그럴수록 치영의 엄니는 교회에 매달릴 수밖에 없었는데, 그것이 또 충돌의 빌미가 되었다. 그렇게 열심히 교회에 다녔던 치영이 성경책만 보면 앞뒤없이 부삽에 던져 넣는 것이다. 이래저래 엄니의 마음은 타들어만 갔다.

수열과 동근의 입장에서도 해줄 수 있는 게 없었다. 처음에는 타일러보고, 다음에는 꾸짖어보고, 그러다 막판에는 두드려패기도 해보았지만 아무 소용이 없었다. 누구의 말도 안 들었고 누구의 충고도 소용없었다. 술에 취하면 미친개가 되어 집안어른이고 동네어른이고가 없이 제멋대로의 세상이었다. 동네에 골치 아픈 만무방 하나가 생겨나 있었다.

그 전해 시아전에 수열네 아버지가 사고로 세상을 떴다. 어장을 나갔다가 줄에 감겨 바닷속으로 들어가버린 것이다. 경찰이 몇 날 며칠 수색했으나 끝내 시신을 못 찾았다. 여러 날이 지나고 더 이상 시신을 찾을 가망이 없어지자 송장이 없는 '공갈묘'를 만들어 장사를 지냈다. 아버지를 따라 바다에 다녔던 수열은 그때 사고로 오른손가락 네 개를 잃었다. 잘려버린 손가락과, 눈앞에서 보내버린 아버지와, 끝내 아버지의 시신도 못 찾은 죄책감 때문에 수열도 한동안 술로 살았었다. 하지만 수열은 천상 어부였다. 새 봄이 오면 농부가 쟁기를 지고 들에 나가 땅을 갈며 농사를 시작하듯, 수열 역시 봄이 되자 술을 떨치고 일어나 바다로 나갔다. 수열은 이제 아버지를 대신해 선장이 되어 치를 잡았고, 동근이 젓꾼으로 따라다니며 그전에 수열이 하던 조수 일을 맡아 했다.

바닷물이 점점 검푸르게 짙어지는 늦가을 어름이었다. 이승의 밭인지 저승의 논인지 모르고 술독에 빠져 사는 치영을 수열이 꼬드겼다.

"아야, 맨날 짐치에 깡소주만 묵지 말고 어장 따러 가자. 고기 잡아서 맛난 안주 썰어주꾸마."

노느니 이나 잡는다고, 치영은 재미 삼아 따라나섰다. 어장일도 안 해봤고 몸도 불편하니 자신이 도울 일은 없을 것이었다. 젓꾼으로 동근이 있으니 일은 둘이 알아서 할 테고, 수열의 말대로 맛난 안주에 술이나 한잔 얻어먹을 요량이었다.

"여기가 너 재리니께 딸싹 말고 앉아서 구경이나 해라. 바닥을 바라보든가, 날아가는 갈매기 똥구멍을 쳐다보든가, 상쾌이 밑을 들여다보든가, 니 좆 꼴리는 대로 해라이."

수열은 이물에 의자 하나를 놓아 치영의 자리를 마련해두고 있었다.

"올라오는 고기 중에 묵고재핀 놈 있으믄 찍어라. 회 떠줄 테께."

수열은 손으로 치영의 자리를 쓸어주고는 브리지로 가 치를 잡고 동근과 어장을 시작했다.

치영은 의자에 앉아 사방을 둘러본다. 보이는 것들은 예전 그대로이다. 바다는 예나 지금이나 끝간데없이 펼쳐졌고, 섬들은 그 위에 뒷동산처럼 솟았다. 배들은 섬과 섬을 금으로 잇고, 그것은 수평선이 되어 바다의 테가 되고 있다. 달라진 게 있다면 배 위의 모습이다. 수열네 아버지 자리에 수열이 섰고, 수열의 자리에는 동근이 있다. 아버지에서 아들로 자연스레 자리 이동이 이루어져 아버지가 떠난 자리를 자식이 메우고 있는 것이다. 세상의 세월은 그렇게 흘러내리고 있었다. 그런데 자신은 물려받을 아버지의 자리가 없다. 거기에다 자신은 아버지가 물려준 몸마저 망가뜨린 채 거기 그러고 있는 것이다. 절망의 뉘가 다시 치영을 쓸고 지나갔다. 그런저런 생각을 하다 그물을 한번 뽑고 잠시 짬을 낼 때면 치영은 수열을 불렀다.

"어이, 선장! 어째 술 안 줘!"

그러면 수열은, "예, 꼴통님, 알았습니다. 금방 대령합지요" 하며 회를 썰었다.

칼을 쥔 수열의 오른손은 검지 둘째 마디부터 안쪽으로 비스듬히 잘려나가 있다. 남아 있는 것은 엄지 온놈과 검지 한 마디뿐이다. 수열은 엄지와 그 검지로 칼을 쥐고는, 고기의 비늘을 벗기고, 배를 따고, 포를 떠서, 회를 썰었다. 동근이 하겠다고 해도 기어코 자신이 한다며 칼을 넘기지 않았다. 보는 사람이 갑갑해 죽겠는데도 수열은 전혀 괘념치 않았다. 수열은 두 개밖에 안 남은 그 손으로 치도 잡고 그물도 뽑았다. 오른손에 칼을 쥐어야 하는 일이나, 왼손으로 그물을 잡고 오른손으로 고기를 따내는 일이 특히 어려운 것 같았는데, 손가락 잘린 주먹손에 벌써 익숙해졌는지 수열은 두 개의 손가락으로 그 일들을 해냈다. 보통사람 같으면 창피해서 어디 내놓지도 못할 손가락이 뭉텅 잘린 손을, 마치 자신의 손은 예나 지금이나 그대로라는 듯, 이런 손으로도 얼마든지 그런 일을 할 수 있다는 듯, 하려는 의지가 문제지 잘린 것은 전혀 문제가 안 된다는 듯, 아무 거리낌 없이 사람들 앞에 당당히 내놓고 있는 것이다. 용기가 있는 것인지 염치를 모르는 것인지 모르겠었다.

치영은 그 모습을 보면서, 어쩌면 수열이 의도적으로 자신을 배에 태우고 다닐지도 모른다는 생각이 들었다. 녀석은 부러 자신을 배에 태워, 손가락 잘린 채로도 살아야 하는 삶을 보여주려는 것인지도 모르겠는 것이다. 어깨 좀 다쳤다고 맨날 술이나 퍼마시고, 그 끝머리에는 뗑깡이나 부려쌌는 자신에게, 수열은 잘린 손가락으로 무언의 말을 하고 있는 듯해 보이는 것이다. 그래

94

서 젓꾼인 동근에게 넘겨도 되는 일도 수열 자신이 꾸역꾸역 하고 있는 게 아닌가 싶은 것이다. 그런 생각이 들자 치영은 달랑 손가락 둘 남은 수열의 오른손을 볼 때마다 가슴이 뜨끔거렸다. 팔이 통째로 떨어져나간 것도, 손목이 뭉텅 잘려나간 것도 아니고 단지 어깨가 조금 부서졌을 뿐인데, 그것 때문에 마치 인생 전체가 날아가버린 듯 엄살떨고 있는 자신이 한없이 쪽팔려지는 것이다. 잃어진 것은 되돌릴 수 없으니 그대로 받아들이고, 남아 있는 것으로 세상을 사는 말 없는 친구 앞에 속절없이 옷깃이 여며지는 것이다.

계절은 어느새 겨울로 넘어가 있었다. 날이 차졌는데도 두 친구는 어장을 안 쉬었다. 물때만 맞으면 무조건 배를 몰고 나갔다. 그러고는 언 손 호호 불고 떨어지는 콧물 고드름으로 얼려가며 고기를 잡았다. 장가를 가 먹여살릴 식구들이 있는 것도 아니겠고, 죽어라고 돈을 벌어 동생들을 가르쳐야 할 상황도 아닌데, 두 친구는 그악스레 어장을 나다녔다. 날이 추워 안 간다 해도, 이제 하도 많이 먹어 회는 넉넉하다 해도, 수열은 한사코 치영을 배에 태웠다. 마치 치영을 태우는 것까지가 어장 준비라는 태도였다. 분명히 수열은 어떤 의도를 가지고 있는 게 틀림없었다.

겨울에 조금씩 봄기운이 섞이고 있는 어름이었다. 그물을 한번 뽑고는 수열이 바다 가운데 닻을 던졌다.

"오늘 어장은 시마이!"

어장을 하다 바다 한가운데서 쉬는 경우는 드물었다. 조금 힘

들더라도 일을 마저 마치고 선창에 들어가 쉬는 게 어부들의 일
습관이었다.

"동근어으, 쏘주 한잔 묵저으!"

수열이 물칸에서 넙치 하나를 건져 올렸고, 동근은 선실에서
술병과 초장과 잔을 챙겨들고 왔다.

"셋이 소주 한잔 하자."

몸이 그리 되고 마음 또한 그리 되어 막가는 심정의 치영이 무
가내로 술을 마셔서 그렇지 어른들처럼 함부로 술잔을 들 나이
는 아니었다. 주민등록증이 나오기는 했지만 아직 잉크도 안 말
랐고, 코밑은 검숭하고 사추리의 붓꽃은 거무죽죽해졌지만 얼굴
에는 여전히 어린 티가 남아 있는, 셋은 보로시 열여덟의 청소년
이었다. 수열의 과장된 몸짓에는 무언가 부자연스러움이 묻어 있
었다.

갑판에 술과 안주를 펴고 둘러앉았다. 치영도 의자에서 내려
와 갑판에 엉덩이를 붙이고 폭시건히 앉았다.

"동근아, 그거 내봐라."

수열이 동근에게 말하자, 동근이 신문지에 싼 무언가를 수열에
게 건넸다. 둘이 약속된 게 있는 모양이었다.

"치영이 니 몫이다."

수열이 사진 크기만하게 접힌 신문지를 치영에게 건넸다.

"뭔디야?"

치영이 고개를 갸웃거리며 접힌 신문지를 폈다. 파란색 통장과

노란 목도장이 놓였다.

"이것이 뭔데 나를 준다냐?"

뜬금없다는 듯 치영이 두 친구를 둘러본다.

"어장 따라다닌 니 일당 모은 거다."

수열이 치영을 보며 빼긋이 웃는다.

"뭐한데 나한테 일당을 줘야. 미친놈 아니라고!"

어이없다는 표정을 지으며 치영이 통장을 넘겨본다. 바람 한 줄금이 스치고 지났을까. 갑자기 치영의 얼굴이 일그러진다. 의자에 앉아 바다 구경이나 한 자신에게 일당을 준다는 것 자체가 말이 안 됐지만, 거기에 들어 있는 돈의 액수가 더 그랬다. 통장에는 겨우내 둘이 죽을 둥 살 둥 어장을 해 모은 전부가 들어 있는 것이다.

"쌍노무새끼들, 느그가 시방 사람 델꼬 장난치냐! 기분 나쁘게 이것이 뭐여!"

치영이 벌컥 화를 내며 손바닥의 것을 갑판에 던져버린다.

"아따, 그라지 말고."

동근이 치영을 올려다보며 바닥에 널브러진 통장과 도장을 줍는다.

"아야 치영아, 니는 우리같이 험한 일 함서 몸으로 벌어묵고 살 체질 아녀야. 니는 사무실에 앉아서 펜대 굴림서 살 인생이어야."

수열이 이윽히 치영을 건너다본다.

"긍께 공부 더 해서 그리 살어라. 돈은 우리가 대줄 테니께."

수열이 치영의 어깨를 가볍게 두드린다.

"관둬 이 새끼들아! 느그가 뭔데 나한테 이래! 느그가 내 부모여 내 형제여! 느그들은 안꿋도 아녀 임마!"

치영이 두 사람을 번갈아 째리며 고래고래 소리를 지른다. 불어오던 바람이 깜짝 놀라 저만치에서 멈칫, 한다. 통장과 도장을 든 동근도 그 바람처럼 엉거주춤이다.

"아따, 그라고 말해불믄 섭하제. 우리가 의형제 아니냐! 같이 살고 같이 죽자 맹세하며 피를 나눠 묵은 의형제 말이다. 그런 형제간에 좀 도우믄 어찬다냐!"

수열이 동근의 손에서 통장과 도장을 가져간다.

"나중에 잘돼갖고 갚으믄 되제. 이자 고봉으로 쳐서 말이다."

수열이 치영의 손을 잡으며 통장과 도장을 쥐어주자 못 이기는 척 치영은 그대로 있다.

"아야, 동근아, 술 한잔 묵어보끄나!"

수열이 술잔 세 개를 채운다. 그러고는 먼저 잔을 든다. 동근도 들고 치영도 따라 든다.

"쨈매 의형제 만세!"

술잔 세 개가 부딪는다.

"씨발놈들."

치영의 눈이 갈쌍하다. 저만치에서 셋을 지켜보던 바람이 상그레 미소짓는다.

봄이 되자 치영은 다시 광주로 올라갔다. 검정고시를 통과했고 대학까지 들어갔다. 이학년을 마치더니, 그만큼이면 됐다며 대학을 중퇴하고 내려와 농협에서 직장생활을 시작했다. 수열의 말대로 펜대 굴려 벌어먹고 사는 인생이 된 것이다.

"수열이 너랑 동근이는 친구와 의형제를 넘어 내 인생의 은인이다. 내 그 은혜를 못다 갚은 게 한이 된다마는."

치영이 수열에게 몸을 비빈다.

"여기서 살어나믄 기언질 그 은혜 갚으마. 죽어불믄 국물도 없다. 긍께 우리 온막 살어나야 쓴다."

정삼은 여전히 눈을 감은 채 기도에 빠져 있다.

"아야 치영아, 너 국민학교 육학년 때 생각나냐?"

수열이 치영을 돌아보며 묻는다.

"뭐야?"

"아따, 거머리끝에서 개이 낚다가 죽을 뻔한 거야."

"아, 너 바닥에 들어갔다 뉘에 쓸려 뒤질 뻔한 이일!"

"이이, 그래. 너가 그때 나 살레줬냐 안."

"뭔 나가 살레야. 동근이가 줄 잡아줬으께 동근이가 살린 거제."

"그래도 너가 내 목숨 구해준 폭이여. 난 그거 평생 못 잊는다."

수열은 으스스 몸을 떨며 눈을 감는다. 수열과 어깨를 겯은 치영도 바르르 떨어댄다. 정삼은 계속해서 눈을 감은 채 입만 달싹대고 있다. 기도를 하고 있어도 귀로는 두 사람의 이야기가 들어올 것이다. 그렇게 되면 세 사람은 모두 그날의 거머리끝으로 돌아가게 된다.

그날도 넷이서 낚시를 갔다. 장소는 방파제 너머 '거머리끝'이었다. 갯바위가 바다 쪽으로 길쭘히 뻗어 나가 있어 물살이 센 곳인데 그런 만큼 고기도 잘 물었다. 거기에서 고기를 낚다 뉘에 쓸려 바다로 떠내려간 목숨이 두엇 된다는 얘기들이 있었지만 그것이 고기를 향한 아이들의 마음을 꺾지는 못했다. 그 광경을 직접 못 본 아이들은 그런 말들을, 밤늦게 돌아다니면 도깨비 난다는 어른들의 말처럼 그저 자신들을 겁주려는 소리로만 들었다. 실제로 뉘가 겁나게 세고, 그 뉘가 갯바위에 부딪혀 빙그르르 회오리로 휘감아내리는 것을 보면서도 아이들은 고기에 눈이 어두워 그곳에 첨대를 드리우는 것이다.

치영과 동근은 거머리끝 양쪽에, 수열은 앞으로 툭 튀어나간 꽁꽁한 곳에 첨대를 담갔다. 자기는 더 잘 무는 데를 알고 있다며 정삼은 갯바위를 타고 저쪽으로 넘어갔다. 낚수를 담그고 얼마 안 있어 바다의 귀신답게 수열이 맨 먼저 첨대를 힘껏 채 올렸다. 술은 팽팽해졌고, 첨대꼬작은 부러질 듯 깊게 휘었다. 그런데 더 이상 안 당겨지는 듯했다. 고기가 문 게 아니라 걸에 걸린 것이었다. 위로 몇 번 첨대를 채 올려보고, 오른쪽으로 왼쪽으로 튕겨보고, 그래도 안 되자 술을 앞으로 당겼다 다시 주었다도 해보지만 걸에서 끼레지지 않는다. 예비로 가지고 다니는 것도 없으니 술이 떨어지면 수열은 집에 가서 다시 채비를 꾸며 와야 한다. 그러면 땅거미가 뿔뿔 기어다니는 해거름녁이고, 수열의 하루는 다 가버릴 것이었다.

걸을 끼리러 들어가려는지 수열이 옷을 벗는다. 하늘도 바다도 약속이나 한 듯 푸르기만 진창 푸른 가을의 한중간이다. 갯물이 제법 차울 때다.

"수열아, 그냥 띠부러라! 여기 뉘는 무섭다 안 하디?"

첨대를 잡은 채 동근이 뒤를 돌아보며 수열을 말린다.

"야! 뉘도 시고 물도 겁나 차야. 그냥 띠부러라!"

치영도 첨대를 든 채 수열을 돌아보며 소리친다.

물귀신인 수열이 그 말을 들을 리 없다. 콧방귀를 뀌며 깨를 벗더니 저가 무슨 유명한 수영선수라도 되는 양 그대로 물로 사가내끼했다. 옆에서 더 말리고 자시고 할 짬도 없었다. 물살이 세다니까 안 들어갔으면 싶었지만, 그렇다고 죽어도 못 들어가게 잡아야 한다는 생각까지는 안 했다. 모두들 바다에서 걸음마를 배웠으니 헤엄이야 이골이 난 섬소년들인 데다 수열은 동네에서도 소문난 수영선수였다. 별명이, 고등어도 삼치도 아니고 '상쾌이'였다. 같이 꼰지를 서면 해녀보다 늦게 나올 만큼 물속에서 숨이 길었다. 그런 수열이니 사까내끼까지는 그래도 제법 폼이 났다.

물에 든 수열이 첨대 끝에 묶인 술을 잡고 바깥으로 헤엄쳐 나갔다. 그러면 어지간한 걸은 끼레졌다. 그렇게 해도 안 되면 술을 잡고 물속으로 잠수해 들어가야 한다. 낚수가 갯바위를 꿨기도 하고, 뽕돌이 돌 틈에 끼이기도 했다. 수열이 간단히 낚수를 끼렛는 모양이다. 그런데 수열이 갯가로 안 들어오고 있다. 이왕 물에 들어간 참에 해녀 뺨치는 물질 실력으로 전복이나 몇 개 따오려나? 그러려면 머리를 물속으로 박으며 꼰지를 서야 하는데 물 위에 얼굴을 내놓은 채 허우적대는 품이다. 헤엄질을 가르치려고 동네 형들이 대여섯 살 먹은 꼬마를 물 가운데 던졌을 때, 꼬마가 물을 꼴깍이며 죽어라고 두 손과 발을 버둥대는 모습과 똑같다. 물귀신인 수열이 이제 갓 헤엄을 배우는 애처럼 물에서 허우적거리고 있는 것이다. 갯가로 나오려 헤엄은 치는데 마음대로 안 되는 모양이었다. 밀려온 뉘가 갯바위에 부딪히고는 뱅그르 돌아내리며 수열을 휘감아 바다 쪽으로 끌어가고 있다. 뉘가 한 번씩 쓸려내릴 때마다 수열은 갯가에서 한 발침씩 멀어졌다.

"치영아! 수열이 저 새끼 큰일 났다!"

동근이 소리치며 옷을 벗는다.

"야! 너 들어가믄 안 돼! 그라믄 둘 다 죽어. 잠깐 기달려!"

치영은 동근을 말려놓고 바로 옆 방파제로 뛰었다. 뗏마를 뒤져, 사려진 줄 고팽이를 들고 뛰어온 치영이 허리에 매끼처럼 줄을 묶었다.

"이것 끄터리 꽉 잡어라이!"

치영은 동근에게 줄의 끄트머리를 쥐어주고는 물로 바로 사까내끼했다. 그러고는 어찌어찌 헤엄쳐 가 거의 힘이 파해가고 있는 수열을 뒤에서 안아 깍지걸이했다. 지켜보고 있던 동근이 낑낑대며 줄을 당겼다. 둘은 줄에 딸려와 허영허영 갯가에 올랐다. 갯바위에 정수리를 맞대고 드러누운 두 친구는 마치 용궁이라도 달고 온 듯 길게길게 숨을 내쉬었다. 옆에는 동근이 주저앉아 숨을 헉헉대며 두 사람을 들여다보고 있다.

"아따 새끼, 해나 누가 모를까봐 잘난대끼하기는."

치영이 고개를 뒤쪽으로 들며 수열에게 퉁바리를 준다.

"워매, 짜긋했으믄 죽을 뻔 봤네라."

수열이 하늘에 가 닿을 듯하게 긴 숨을 토해낸다.

"너만 죽으믄 몰라도 나까정 죽을 뻔했다 새끼야."

드러누운 채 수열을 흘기며 치영이 한마디를 더 얹는다.

"아따, 아짐찬하다야. 너랑 동근이 아니었으믄 골로 갔겄다야."

수열이 다시 길게 숨을 내쉰다.

"아야, 뭔 일 났냐?"

그제서야 정삼이 저쪽에서 헐레벌떡 넘어왔다.

"수열이 이 새끼 뒤질라다 살았다."

뭔가 못마땅한 듯 치영의 말이 쌩, 하다.

"어째서야?"

꼭지를 맞대고 누웠는 두 친구에게 정삼이 몸을 숙인다.

"몰라 임마! 니는 개이 많이 낚어서 좋겄다. 혼자 어넘시 배 터지게 퍼묵어라 새끼야!"

치영이 정삼에게서 얼굴을 돌려버린다.

"아따, 나는 그때 죽는지 알었어야. 죽어라고 손발을 놀레도 나 가져야 말이제. 어푸어푸만 하제, 뉘에 쓸려 갯가에서 점점 멀어지는 거여. 뭔 이런 일이 다 있다냐 싶드라께."

수열이 눈을 뜨고 치영을 돌아본다.

"머리크락이 쭈뼛 스드라고. 아차, 내가 겁대가리 없이 잘못 들왔구나. 내가 뉘를 너머 시삐봤구나 싶든마. 그래서 느그 이름을 막 불렀어야. 치영어으! 동근어으! 살레주라! 아야! 나 잔 살레주라! 갱물이 입속으로 막 들어와 숨이 컥컥 막힌 데도 죽어라고 소락지를 질렀어야. 정삼이는 저 너머에 안 뵈게 불러봐야 소용없어 안 불르고."

기도를 끝내서인지, 아니면 자신의 이름이 들먹여져서인지 정삼이 눈을 뜨고 수열을 돌아본다.

"느그도 들오믄 나랑 똑같이 떠밀릴 것인디, 아무 경황이 없으께 그런 생각을 못 하겠든마. 우선 잔 구해만 줬으믄 싶드라께."

치영의 머리에 어떻게 순간적으로 그런 생각이 떠올랐는지 모른다. 아마 일 년에 한번씩 정기적으로 오는 '해군낙도홍보단'이 영화를 틀어주기 전 보여주는 '비상시 행동수칙' 때문이었을 것이다.

1. 물에 빠진 사람을 구한다고 함부로 물에 뛰어들지 말 것. 낚싯대나 줄을 던져 잡게 해 당겨 올릴 것.
2. 물에 빠진 사람을 구할 때는 절대 앞쪽에서 잡지 말고 뒤쪽에서 머리채를 잡거나 가슴을 안아 깍지 껴 헤엄칠 것.

수열의 첨대는 이미 바다에 쓸려내렸고, 자신의 것을 내민다 해도 수열에게 가 닿을 수 없다. 동근이 녀석도 들어가면 수열과 엉켜 같이 죽는다. 그래서 바로 옆 방파제로 뛴 것이다. 다행히 뗏마에는 사려진 줄 고팽이가 있었다. 수열이 살라는 운이었다. 허리에 줄을 묶었고, 그 줄을 동근이 잡고 있으니 두려울 게 없었다. 정삼이 있었으면 한결 수월할 텐데 위급한 상황을 아는지 모르는지 녀석은 저 너머에 있어 보이지도 않는다.

동근이 없었으면 자신도 못 뛰어들었으리라. 물귀신인 수열이 그러고 있는데 자신이 들어가봐야 빤했다. 허리에 줄을 묶었더라도 잡아주는 사람이 없으면 아무 소용 없었다. 줄을 바위에 묶어 놓고 들어갈 수도 없는 일이었다. 맞춤한 곳을 찾기도 어렵겠지만, 줄이 풀리기라도 하면 둘 다 끝장이다. 힘이 센 동근이 뒤에서 든든하게 줄을 잡고 있었기에 가능했던 일이었다.

"동근이 없었으믄 나도 못 들어갔을 거다. 동근이한테 아짐찬하다 해라."

"언젠가는 느그한테 은혜 갚을라 했다마는."

"미친놈아, 친구끼리 은혜는 무슨 은혜다냐."

치영이 수열을 돌아본다.

"워매! 그라고 보께 내 인생은 순 덤이었어야!"

수열이 새삼스레 뭔가를 깨달았다는 투다.

"멫 살 처묵도 안 한 새끼가 건방떨기는."

치영이 같잖다는 듯 수열을 흘긴다.

"마흔다섯이믄 살 만치 살았다야. 호상은 아니제만 죽는대도 그리 아깝지는 않겄네라."

수열의 눈길이 다시 안갯속으로 옮겨진다.

"그리고 보께 이상 묵기는 묵었네이. 울아부지가 서른다섯에 돌아가셨으께, 거기에 대믄 나는 장차 오래 살았구마."

아버지를 들먹이며 치영이 말을 받는다.

"아야 치영아, 인자 우리 가도 괜찮하겄다."

수열이 치영을 돌아다본다.

"그러기는 하다마는……."

대답과는 달리 치영이 말끝을 못 마무른다.

"워매, 춘거으!"

수열이 몸을 바르르 떤다.

안갯속에서 밀려온 물결이 셋을 적시고는 다시 안갯속으로 흘러간다. 셋 모두 오스스 몸을 떤다.

얽히고설킨

"아야, 인자 셋이 다 줄로 묶어야 쓰겄다야."

수열이 아까 허리에 묶고 안갯속을 헤엄쳤던 줄을 치영의 허리에 감는다. 줄을 감으면서도 수열은 덜덜덜 이를 맞부딪고 있다. 줄을 받는 치영도, 그것을 지켜보는 정삼도 얼굴에 추운 빛이 역력하다.

"뭘라고 이걸 묶는다냐?"

바르르 몸을 떨며 치영이 묻는다.

"시체라도 건져얄 것 아니냐!"

수열이 치영의 배꼽참에서 줄을 한 번 훑쳐 매듭을 짓는다. 마치 염을 할 때 왼새끼로 송장을 묶는 듯하다.

"죽으믄 썩어질 몸뚱아리, 있으믄 어차고 없으믄 어찬다냐!"

수열의 손을 내려다보며 치영이 한마디한다.

"너가 안 당해봐 봐서 그런 소리 한다마는."

단단히 묶으려는 듯 수열이 한번 더 매듭을 짓는다.

"사람은 죽었는데 송장은 없어봐라, 그거 사람 미친다 미쳐. 장사를 지내자니 그러고, 그런다고 안 지낼 수도 없고. 울아부지가 그래 봐서 내가 그 심정 잘 안다. 어디로 떠밀레 시체도 못 찾는 것보듬 이것이 어네이 낫다."

수열이 양쪽으로 줄을 당겨 매듭이 잘 지어졌는지 확인한다. 그러고는 정삼에게로 줄을 옮긴다.

"정삼어으, 미안하더으. 맹탈없이 너 데꼬 나와 이렇게 돼서야."

정삼은 말없이 두 팔을 위로 들어 수열의 줄을 받는다.

"너 말대로 그냥 들어갔으믄 아무 일 없었을 건디 말이다."

허리에 감기는 줄이 사형수 목에 걸어지는 올가미처럼 느껴져 어째 으스스하다.

"동근이 이 자식은 끝내 안 오려나."

그 기분을 떨치려는 듯 정삼이 안개로 눈길을 가져간다.

자신의 허리까지 줄을 감아 훌친 수열은 끄트머리를 스크루의 축에 단단히 묶는다.

"아야, 쫌이라도 안 춥게 셋이서 몸이라도 잔 비벼보자."

수열이 두 팔로 양쪽을 껴안으며 몸을 비벼댄다. 치영과 정삼도 수열에게 기대며 몸을 움직거린다.

"이러니 좀 낫네."

치영이 바르르 진저리를 친다.

"동근이 안 오믄 우리 목숨도 인자 시마이다, 시마이!"

수열도 치르르 머리를 떤다.

'시마이'라는 말에 정삼은 겁이 더럭 난다. 뒤집힌 배 위에 앉아 있으면서 죽을 수도 있다는 생각을 안 한 것은 아니다. 맑은 날도 아니고 안개 자욱한 바다 한가운데인 것이다. 그래도 정삼은 내내 희망을 안 버렸다. 자신에게는 하느님이 있었다. 세상 어디일지라도 항상 믿는 자와 함께하시는 하느님은 당연히 엎어진 배 위에도 임하실 것이었다. 그래서 애타도록 주님께 매달렸다. 하느님이 헬리콥터를 보내 세 사람을 섬으로 훌쩍 옮겨주지는 않겠지만, 분명히 한 치 앞이 안 보이는 안갯속으로 주님은 구조의 배를 보내주시리라. 정삼은 그것을 믿어 의심치 않았기에 두 손을 모으고 또 모았다.

허리에 줄을 묶고 물공에 의지해 안갯속으로 헤엄쳐 가는 수열을 보면서, 정말로 수열이 섬에 가 닿을 수 있으리라 생각한 것은 아니다. 안개가 맛뵈기처럼만 보여주는 샘북산의 꼭두로 가늠해 봐도 청뫼도까지는 사람이 헤엄칠 수 있는 거리가 아니었다. 살아보겠다는 수열의 의지는 알겠는데 그것은 의지가 넘치는 무모함이었다. 의지만으로 안 되는 일이 세상에는 얼마나 많던가. 정삼이 수열에게 건 것은 수열이 헤엄쳐 간 그 안갯속에 있을 주님의 손길이었다. 주님은 거기에 구조의 끈을 예비하고 계시다가 안갯속을 헤엄쳐 온 수열의 손에 쥐여주실 것이다. 해양경찰이나 동근으로 하여금 수열을 발견하게 함으로써 죽어가는 셋을 살리고, 그럼으로써 안 믿는 자들에게 주님의 권능을 보여주실 것이다. 그것이 정삼의 기도 제목이었다. 하지만 믿었던 수열은 잔뜩 곱송그린 채 자신이 당기는 줄에 매달려 딸려왔다. 그 순간은 오히려 자신이 구조의 손길이었다. 물속에 더 두었더라면 저체온으로 수열의 몸이 굳어졌을 판이었다. 정삼은 벌벌 떨어대는 수열을 보며, 믿음과 소망이라는 주관적 세계가, 현상과 현실이라는 객관적 세계와 얼마나 다를 수 있는가를 실감할 수 있었다.

내심 정삼이 믿은 또 한 가지는 핸드폰이었다. 바다 한가운데 엎어진 배 위에서 구조를 요청할 수 있는 수단은 그것밖에 없었다. 그래서 갯물을 먹어버려 더 이상 작동이 안 되는 줄 알면서도, 이제 핸드폰은 영영 생명이 끝났다는 것을 확인하면서도, 어쩌면 미친 척하고 작동될지도 모른다는 실낱 같은 '행여' 때문에 끝내 그것을 못 버리고 있는 것이다. 그것이 삼십 초만이라도, 아니 단 십 초만이라도 살아준다면, 안개 자욱한 죽음의 바다에 떠 있는 세 목숨은 빛이 환한 삶의 섬으로 옮겨갈 수 있으리라. 밥 먹었냐는 안부나 묻는 데, 나중에 술이나 한잔하자는 소리나 해 쌌는 데 쓰이는 세상의 그 수많은 핸드폰의 초침에서, 적선하는 마음으로 누군가가 십 초만 던져준다면, 아니 동냥 준다는 셈치고 단 오 초만이라도 깡통에 버려준다면, 안갯속에 떨고 있는 세 목숨이 기적처럼 살아날 수 있는 것이다. 하지만 허투루 버려지는 그 십 초가 없어, 아이들의 손끝에서 마투루 버려지는 그 오

초가 없어 세 목숨은 조금씩 죽음으로 밀리고 있는 것이다.

하느님과 핸드폰이라는 구조의 두 등불이 다 꺼져 있는 상태인데 수열의 입에서 '시마이'란 말이 나왔다. 끝이란다. 그 '시마이'를 준비하는 마음으로 수열은 셋을 줄로 훑쳐 배에 묶었으리라. 수열도 이제 희망을 포기한 것일 게다. 그래서 죽고 난 후에 시체라도 추심해 초상을 치르게 해야 한다고 생각한 것이리라. 미칠 일이다. 부모님 묏 정리하러 왔다가 바다에서 목숨을 잃다니. 어제 이 바다에 부모님 뼛가루를 뿌렸는데 오늘 그곳에 내 몸을 묶어둬야 하다니. 어떻게 이런 황당한 일이 있을 수 있는가. 동네 어른들 말처럼 이것이 동티라는 것일까. 이것이 생명 없는 대상으로 생각했던 땅이 자기를 무시한 느자구 없는 존재에게 부리는 몽니일까. 치영의 말처럼 당신들의 집을 없애버렸다고 부모님이 잔뜩 부아라도 나신 것일까. 정삼은 머리가 복잡하다.

정삼은 다시 주머니에서 핸드폰을 꺼낸다. 그러고는 다시 톡톡여 본다. 역시 아무 반응이 없다. 한참을 밀거니 핸드폰을 들여다보던 정삼은 무슨 생각이 들었는지 그것을 안갯속으로 던져버린다. 희망이었던 하나를 버린 것이다.

"동근이는 올 거다. 죽어도 동근이는 올 것이다. 안 오면 내 손에 장을 지진다."

정삼의 간절한 기원의 목소리다.

"호오다! 니 말대로 그랬으믄 오직 좋겠냐마는"

치영이 덜덜거리며 한마디한다.

"들어감시로 여러 번 무전을 쳤을 거여. 핸드폰도 하고. 답이 없으믄 분명히 이상하다 생각할 거여. 저도 중정이 있는 놈이께."

수열이 말을 보탠다.

동근이가 와주면 살아날 수 있겠지만 안 그러면 방법이 없다. 안개는 한 뼘도 안 내준 채 갯돌처럼 단단하고 몸은 그 속에서 점점 더 바들거린다. 치영이도 정삼이도 마찬가지다. 그리 오래 버텨질 것 같지는 않다. 안개가 안 벗어지니 지나가는 배도 없다. 이런 상황에서 구조될 가능성은 거의 없다. 그것은 까파진 배가 올케지는 것만큼이나 희박하다. 안개는 기어이 세 목숨을 잡아먹고 배를 채운 뒤 물러갈 꼬라지다. 아, 중풍 맞은 듯 온몸이 떨려온다.

"시마이해도 할 수 없제 어차겄냐. 그만 살라는 운명이겄제. 나는 그래도 많이 살았다야."

치영이 두 사람을 번갈아본다.

"헹석이가 나 살렜으께 서른 해 가까이를 덤으로 살았구마. 헹석이한테 고마워 해야제."

치영은 내내 자신 때문에 형석이 죽었고 형석의 죽음으로 자신은 살아났다고 생각해 왔다. 형석이네 엄니에게 치영이 그리도 잘하는 것도 그 때문이다. 친아들도 그렇게는 못 할 거라며 동네방네 소문이 자자하다. 내막을 모르는 사람들 눈에는, 먼저 간 친구를 대신해 친구의 엄니를 지극정성으로 모시는 아름다운 동무로만 보이겠지만 거기에는 그런 곡절이 숨어 있다.

"그라믄 나도 덤이었어야. 국민학교 때 너가 살려준 거랑, 울아부지 나 살리고 돌아가신 거랑."

수열도 치영처럼 자신의 삶이 덤이었다고 생각한다. 초등학교 육학년 때 볼락 낚시 가서 바다에 빠져 허우적이던 것을 치영이 줄을 감고 들어와 구해준 일과, 중학교 졸업한 그해 겨울에 어장 가서 아버지가 살려준 것을 생각하면 두 번씩이나 남에게 기대어 살아났다. 그때 치영이 줄을 감고 들어와 건져주지 않았다면, 그때 아버지가 롤러를 반대로 안 돌렸다면, 그 이후의 시간들은 바닷속으로 처박혀 들어가 세상의 빛을 보지 못했을 것이었다. 생과 사의 갈림길에서 다행히 목숨은 생의 줄기를 타고 내려 이엄이엄 흘러왔다. 친구를 구하려 뛰어든 치영과, 아들을 구하기 위해 죽음의 비탈길로 굴러가버린 아버지 덕에 말이다.

겨울이었다. 읍으로, 광주로, 부산으로 고등학교를 갔던 친구들이 방학을 맞아 시골에 내려와 있었다. 뭍에 나가 시건방만 배웠는지 애들은 이리저리 쓸려다니며 술을 마시고 담배를 피워댔다. 고작 일 년 사이에 생겨난 변화였다. 고등학교도 못 가고 고향에서 고기나 잡고 있는 자신이 못나 보이기도 했지만, 그런 데 잘 안 어울리는 수열은 아버지와 문어통발을 다녔다. 보통 네 명이 다니는데 젓꾼을 구할 수 없어 아버지와 둘이서 다녔다.

항상 '설마' 하는 곳에 사고는 아가리를 벌리고 있는 모양이었다. 두 사람으로는 무리라는 걸 알면서도 부자(父子)끼리 어장을 나다닌 게 사실은 사고의 시작이었다. 롤러로 줄을 감아올려 문어단지를 확인하고 그것을 다시 바다에 빠치는 작업이었다. 네 사람이 다니면 선장은 치를 잡고 나머지 젓꾼들은 몇 갈래로 일을 분담하는데 두 사람이 하다 보니 경황이 없었다. 수열이 문어를 꺼내고 단지를 바다에 놓으려는데 줄이 꼬이면서 수열의 오른손을 물고 들어갔다.

"아악! 아부지!"

수열은 손을 빼내려 했지만 롤러가 돌면서 줄이 더 조여졌다. 롤러가 돌수록 가위표로 꼬인 줄은 점점 더 손가락을 먹어들면서 수열을 아래쪽으로 끌고 간다. 롤러가 서너 바퀴만 더 돌면 수열은 줄에 물려 바다로 들어갈 판국이다. 뒤쪽에서 줄을 올리고 있던 아버지가 수열을 힐끗 쳐다보더니 롤러 스위치를 툭, 쳤다. 순간적으로 롤러가 반대로 돌기 시작했다. 그러자 수열은 배 위로 올라오고 대신 아버지가 물속으로 들어가버렸다. 눈 깜짝할 새였다.

아직 완전히 안 끊어져 장갑 속에서 덜렁거리는 손가락을 움켜쥔 채 수열은 롤러를 되돌렸다. 줄을 거꾸로 돌리는 것이니 아버지가 줄을 잡고 올라올 터였다. 그런데 아버지가 없다. 분명 코앞에서 바로 전에 줄에 채여 들어간 아버지가 없는 것이다. 수열은 눈도 깜빡하지 않았었다. 아버지가 줄에 채여 들어갔고, 수열은 롤러를 거꾸로 돌렸을 뿐이다. 금방 되감아 올렸으니 갯물에 젖어 좀 추우시겠구나, 생각했는데 아버지가 감쪽같이 사라져버린 것이다. 십 초 사이나 될까. 도대체가 안 믿겨 수열은 피로 범벅 된 손으로 줄을 올리고 내리기를 수차례 반복했다. 하지만 끝내 아버지의 모습은 찾을 수 없었다. 정말 귀신이 곡할 노릇이었다.

그 자리에 닻을 빠치고는 해경에 신고했다. 배를 타고 나온 동네사람들에게 뒤처리를 맡기고 수열은 경비정을 타고 읍의 병원으로 향했다. 손가락은 시커멓게 죽어버려 잘라낼 수밖에 없었다. 수열은 오른손에 친친 붕대를 감고라도 동네로 돌아왔지만 죽은 아버지는 시신으로도 못 돌아왔다. 온 동네 어른들과 해경이 사나흘을 수색했지만 아버지의 옷 쪼가리 하나 못 찾았단다.

시신은 없지만 아버지가 바다에 빠져 죽은 것은 확실했으므로 장사는 지내야 했다. 찾아질 것 같지 않은 시신을 하냥 기다릴 수도 없는 노릇이었다. 수열은 내심 바다에다 간단히 아버지의 장례를 지냈으면 싶었다. 바다를 터전 삼아 사시다가 바다에 든 아버지를 새삼스레 땅에 묶어두고 싶지 않아서였다. 아버지가 자주 앉으셨던 갯바위에 조그만 비석이나 하나 세워드렸으면 했다. 하지만 친척들과 동네어른들은 대대로 내려온 방식대로 '공갈장사'를 준비했다. 짚으로 만든 허수아비에 수의를 입혀 송장을 대신하는 장사였다. 어른들을 따르는 수밖에 없었다.

관 뚜껑을 덮기 전에 수열은 잘려진 손가락을 헝겊에 싸 어른들 몰래 관 한쪽에 넣었다. 뻣뻣하게 굳어진 손가락 네 개는 아버지를 죽이고 살아난 자식의 죗값이었다. 자신은 손가락을 잃은 대신 생명을 구했고, 아버지는 자식을 구한 대신 목숨을 잃었다.

그것도 모자라 시신까지 버려야 했다. 자식된 자로서 참으로 절통한 일이 아닐 수 없었다. 송장 대신 누운 짚과 잘린 손가락을 담은 관은 다른 절차는 생략하고 조용히 밭의 귀퉁이에 묻혀 '공갈뫼똥'이 되었다. 혹여 혼이란 것이 있어 그곳이 자신의 집인 줄 알고 찾아들어 깃들일지는 모르겠지만, 허전하고 허망한 것은 어쩔 수 없었다.

장사를 치른 수열은 배를 타고 사고가 났던 곳으로 나갔다. 찬 바람 몰아치는 한겨울의 바다 가운데서 수열은 중발 가득 술을 따라 아버지께 올렸다.

"아부지 죄송합니다. 저 땜세 그리 가셔부렀으니. 이 못난 아들 살린다고 아부지가 그리고 가셔부렀으니 참말로 참말로 죄송합니다. 아부지 목숨값으로 살아났으니 인자 아부지 몫까지 사께라우. 엄니하고 동생들은 제가 잘 돌볼께라우. 아부지, 잘 가시시요."

수열은 시커먼 바다에 술을 뿌리며 하염없이 울었다.

"우리 아부지는 시신도 못 찾었는데,"

회한이 이는 듯 수열이 깊은 한숨을 내쉰다.

"그래도 우리는 배에 단대이 묶였으니 시체는 찾어서 장사 지내줄 것이다. 개이들이 뜯어묵어베믄 어쩔지 몰라도."

수열은 스크루 축에 동앗줄이 잘 묶였는지 다시 한 번 확인한다.

"그리고 보믄 우리 목숨이 다 놈한테 신세지고 있구마이. 나는 행석이한테, 너는 아부지한테, 동근이는 너한테."

치영이 수열을 돌아다본다.

"정삼이 너만 젤로 깨끗하다야."

치영이 정삼을 향한다.

"참말로 그라네라. 정삼이 너만 안 엉켰다야. 우리는 온막 칡넝쿨같이 엉켜졌는데야."

수열도 정삼을 돌아다본다.

얘기를 들어보니 정말로 그렇다. 서로의 목숨들이 얽히고설켜 살리고 살려주고 한 듯하다. 친구들은 그렇게 어우러져 서로의 목숨들을 부축해 주며 세상을 살았나 보다.

"동근이도 그랬나?"

정삼이 묻는다.

"너 모르냐? 동근이 그 자식 삼치낚이 가서 뒷도모에서 오줌 누다 바다로 떨어졌다냐 안. 수열이가 마침 가까이에 있어서 살았단다. 안 그랬으믄 동근이는 뿔세 저세상 가부렀다야."

삼치를 낚던 동근이 고물 끝에 서서 오줌을 누다가 삼치 술에 채여 바다로 떨어졌다. 배는 주인을 버리고 멀리로 내달렸고, 동근은 바다 가운데서 허우적거리고 있었다. 가을이라 갯물도 제법 찼다. 올림픽 수영 금메달리스트도 갯가까지의 반의 반의 반이나 갈 수 있을까 말까 한 거리였다. 동근이 죽을 수밖에 없는 상황이었다. 그런데 신의 가호였는지 조상들의 보살핌이었는지, 가까이에서 수열이 삼치낚이를 하고 있었다. 어만 곳으로 달려가고 있는 배를 보고는 수열이 무전을 쳤지만 동근이 안 받았다. 아무래도 꼴이 이상하다 싶어 수열이 부리나케 달려갔다. 아니

나다를까, 동근의 머리가 까만 물공처럼 바다에 떠서 허우적대고 있는 것이다. 수열이 배를 대 동근을 건져 올렸다. 그 후로 수열과 동근은 서로 생명의 은인이라 우겨댄다.

"인자 동근이가 와서 나를 살리믄 서로 이끼겠구마."

수열이 한마디를 붙인다.

"이끼고 자시고가 아니고 사느냐 죽느냐다 임마."

정삼은 세 친구와 서로 에낄 게 없다. 만약 동근이 안갯속에 나타나 자신을 살려준다면 처음으로 자신의 목숨을 세상 누군가에게 의지하게 된다. 그러면 자신도 누군가에게 '이겨야 할' 무언가가 생기는 것이다. 그래도 좋다. 아니 그러고 싶다. 그러니 제발 저 안개를 뚫고 그 누군가여 나타나기만 해다오. 그러면 당신이 누구고, 당신이 무엇을 원하든 간에 내 모든 것을 털어 보답해 드릴 테니. 나는 아직 살아야 하고, 살아서 해야 할 일이 너무 많은 사람이다. 여기서 이대로 죽으면 안 되는 몸이란 말이다.

"엄니한테 불효하구마이. 엄니 보내드리고 내가 가야는데. 우리 각시랑 새끼들한테도 그러네. 해준 게 아무것도 없는데."

수열이 몸을 오슬거린다.

"그래도 임마, 너는 엄니한테 효도 잘 했고, 새끼들도 다 컸구마. 난 울엄니 생각하믄 가슴이 미진다 미져. 각시도 그라고. 새끼는 더 그라고."

"아야, 그리 생각 말고 다 잘했다 생각해라. 그래야 신간 펜하다."

수열이 치영의 어깨를 두드린다.

"정삼이 너는 잘 살었지야. 돈도 많이 벌고 유명한 사람 됐으께."

돈 많이 벌고, 그 동네에서는 제법 이름을 얻었으니 성공한 삶일까. 마음속에 주님을 영접했으니 이 세상을 가장 잘 살았을까. 부모님께 효도하고, 형제간에 우애 있게, 그리고 아내와 자식들을 사랑하고, 이웃과 친구들과 더불어 살았을까. 아무래도 아니지 싶다. 담독이 빠져 듬성듬성 구멍이 생긴 담처럼 인생에 뭔가 빠져 있는 것만 같다. 그것이 뭔지는 확실히 모르겠는데 여하튼 뭔가 빠져 있는 건 맞다. 분명히 그렇다.

문턱에서

세 사람은 이제 말이 없다. 팔을 겯고 쪼그린 채 덜덜거리기만 한다. 그러다가 가끔씩 흠칫, 하며, 부르르, 진저리를 친다. 입술은 푸르러진 지 오래고, 이제는 얼굴 전체가 검푸르게 변했다. 손과 발의 감각도 거의 마비돼 버렸다. 간간이 눈을 떠 서로를 쳐다보며, 네 얼굴이 내 얼굴이고 내 얼굴이 네 얼굴인데, 그 얼굴이 죽어가는 사람의 꼴새구나, 생각한다. 말을 안 해 그렇지 너의 얼굴에서 서로는 죽음의 냄새를 맡고 있다.

치영은 먼저 왼팔이 마비돼 왔다. 자신의 몸체에 달려 있기는 하지만 언제부턴가 거추장스럽게 돼버린 부분이었다. 제대로 기능도 못 하는데 떼어버릴 수도 없어 그냥 달고 다녔다. 그 왼쪽을 생각하며 치영은, 새삼 자신이 그동안 정상 아닌 몸으로 세상을 살아왔다는 걸 깨닫는다. 불구의 몸인 채로 지난 세월을 어찌저찌 버텨온 것이다. 그때 광주에서 잘못됐었으면 진작에 이 지상에서 꺼져버렸을 수도 있고, 설혹 목숨은 붙어 있더라도 허접한 폐인으로 연명했을지도 모르는데, 그래도 다행히 사람구실하며 살아왔다. 그것이 다 부축해주고 손 잡아주고 등 다수려준, 사람이란 존재들의 덕이었다. 그들이 없었다면 어찌 저 거친 세상의 길을 중도에 안 자빠지고 걸어올 수 있었으랴. 치영은, 더불어 살아주었던 세상의 사람들이 자신의 하느님이었다는 생각을 한다.

마비는 왼팔에서 발끝으로 내려갔다. 한 결의 파도가 밀려들 때마다 찬 기운이 느껴졌었는데 이제는 그 감각마저 없어졌다. 무언가 살갗에 닿는다는 느낌은 오지만 그 이상은 아무것도 전해지는 게 없다. 거죽을 먹은 마비의 손길은 점점 더 내부로 향하리라. 그러다가 어느 순간 심장이 멎을 것이고, 그러면 몸의 작동이 멈추면서 숨이 끊어지겠지. 그것이 모든 숨탄 것들의 마지막인 죽음이라는 이름의 것이리라.

지금은 바로 코앞에 맞닥뜨려 있는 '죽음'이라는 존재가 처음으로 치영을 찾아든 것은 중학교 이학년 겨울방학 때였다. 초가집 방바닥에 엎드려 동생과 만화를 보고 있는데 무언가가 탁! 하고 머리를 쳤다. 그런데 이상하게도 그것은 머리의 바깥이 아니라 머리 안쪽을 치는 느낌이었고, 머리를 때리는 구체적인 감각이 아니라 추상적인 것으로 감지되었다. 그래서 치영은 고개를 드는 대신 두 팔로 머리를 싸 안으며 몸을 잔뜩 옹크렸다. 그러고는 눈을 감은 채 머리통 안쪽을 살펴보았다. 외눈박이에 연기 같은 꼬리를 살랑대는 도깨비 닮은 것이 저만치에 떠가고 있었다. 공중으로 떠오르던 그것이 뱀처럼 몸을 흔들며 고개를 살짝 돌리더니, "나는 죽음이야. 세상의 모든 생명 있는 것들이 결국에는 내 발밑으로 들어와야 하는 바로 그 죽음이야. 너도 언젠가는 그렇게 될 거야. 그런가 안 그런가 잘 생각해보렴" 하며, 저 깊은 어둠 속 어디로 사라지는 것이었다.

　뜬금없었다. 밑도 끝도 없이 '죽음'이라니. 세상의 모든 것들이 그리로 들어가야 하다니. 그래서 언젠가는 나도 거기로 들어가 여기서 사라진다니. 산도, 바다도, 하늘도, 섬도 그대로인데 나만 가뭇없어지다니. 여기 형상으로 존재하는 것들로부터 나만 빠져나가 사라지고 말다니. 이렇게 멀쩡히 숨 쉬고 있는 내가 이 세상에 없는 일이 있을 수 있다니. 나에게 그런 일이 생겨날 수 있다니. 그런 무서운 일이 나에게도 벌어진다니. 치영은 온몸을 바르르 떨며 깊숙이 몸을 움츠렸다.

　이후로 '죽음'은 심심하다 싶으면 치영을 찾아들었다. 소를 몰고 오르는 산길에 길게 널브러져 개미에게 뜯기고 있는 뱀에게서, 수평선으로 젖어드는 저녁 노을의 빨간 해에게서, 고랑의 담벼락에 매달린 채 벙어리오춘의 몽둥이를 맞고 질러대는 개의 비명소리에서, 추석이나 설이 되면 동네 어디선가 들려오는 돼지의 멱따는 소리에서, 정미소 옆 공터에서 놀음을 끝내고 동네를 떠나는 꽃상여의 뒷모습에서, 치영은 '죽음'이라는 것을 떠올렸다.

그때마다 치영은 몸을 잔뜩 옹크리며 눈을 질끈 감아야 했다. 두려웠다. 세상에서 사라진다는 사실 자체가 살이 떨리도록 무서웠다.

그리도 두려운 '죽음'에 맞서기 위해 치영이 생각해낸 방법은 죽지 않는 약을 발명하는 것이었다. 그런 약을 만들어 혼자 살짝 먹고는, 남들은 다 죽었는데 혼자서만 안 죽고 이백 살이고 삼백 살이고 사는 것이다. 그러면 될 것 아닌가. 그렇게 해서 안 죽으면 무서울 게 없잖겠는가. 기가 막힌 방법이 아닐 수 없었다. 그러면 되는 것을 괜히 두려움에 떨며 고민해왔다. 그런데 시간이 지나면서 곰곰 생각해보니 또 그게 아니었다. 지난 세월과 그 동안의 삶의 기억을 함께한 이들이 모두 죽고 없는데 혼자만 살아서 무엇하겠는가. 같이 시간을 보내며 더불어 이야기할 친구 하나 없는 세상이 무슨 의미가 있겠는가. 늙어 빠져 갱신도 못한 채 숨만 붙어 있으면 그게 과연 살아 있기나 하는 건가. 허랑한 일이었다. 오래 사는 게 장땡이 아니라는 깨달음도 그랬지만 진짜 문제는 그런 약을 발명하는 게 불가능하다는 것이었다. '뉴턴'이나 '아인슈타인' 같은 위대한 과학자들도 그것을 못 만들어 결국 죽을 수밖에 없었는데 낙도의 조그만 섬소년이 그런 엄청난 일을 해낼 수 있을까. 암만 옴니암니해봐도 그것은 갯물이 산꼭두까지 차오르는 것만큼이나, 산이 허물어져 내려 넓은 바다를 메우는 것만큼이나 있을 수 없는 일일 것 같았다. 죽음으로부터 벗어날 수 있는 유일한 통로가 막혀버리는 것이었지만 인정할 수밖에 없는 사실이었다.

그러는 사이에도 '죽음'은 무시로 치영을 찾아들었다. 고민 끝에 치영이 찾아낸 것이 '초월'이었다. 엄청난 너비의 죽음의 강일지라도, 채놀이를 하는 아이가 냇물을 뛰어넘듯 가볍게 건너버리는 것, 먼지까지 훑는 미세하고 촘촘한 죽음의 그물코를 물처럼 유유히 새나가 버리는 것, 쥐새끼 한 마리 못 빠져나갈 만큼 완벽하고 단단한 죽음의 장벽을 안개처럼 자유로이 넘어버리는 것, 그것이 '초월' 아니겠는가. 죽음에 대해 물처럼 유연해지고 안개처럼 자유로워지면 모든 게 끝날 터이었다. 어머니를 동무해주기 위해 따라다니던 교회에 치영이 본격적으로 매달리기 시작한 것이 그즈음이었다. 절대적 존재에 대한 믿음으로 죽음의 공포를 삭치고, 신이 만든 영원의 세계를 확신함으로써 죽음에 대해 물이나 안개가 되려는 것이었다.

그러다 만난 게 광주에서의 죽음이었다. 그곳에서 목격한 죽음은 치영이 그때까지 머릿속으로만 떠올렸던 그런 죽음이 아니었다. 그전의 것이 먼 미래의 추상적 사건이었다면, 그곳에서의 것은 눈에 보이고 손으로 만져지는 현재적이고 구체적 대상으로의 죽음이었다. 그것은 죽음을 전제함으로써 삶의 절실함을 깨닫는 철학적 죽음이 아니라 그저 죽음으로써 모든 게 끝나버리는 죽음 그 자체로서의 죽음이었다. 무덤 속에서 시나브로 썩어가는 죽어버린 죽음이 아니라 도끼를 맞고 숨이 넘어가는 돼지의 비명 같은 날것의 것이었다. 나와 무관한 타인의 것이 아니라 언제

든지 내 것이 될 수 있는 직접적 대상으로서의 죽음이었다.

시신들 중에는 얼굴이 날아가버렸거나, 목이 잘려버렸거나, 두 개골이 함몰돼버렸거나, 창시가 쏟아져 나와버린 것들이 있었는데, 이제는 것들이 되어버린 그것들을 보며 치영은, 인간의 육신이라는 게 동물의 그것과 하등 다를 게 없다는 생각이 들었다. 훼손된 상태로 거기 아무케나 널브러진 시신들이, 갈고리에 꿰인 채 정육점에 걸린 돼지나 소의 살덩이와 다를 게 없어 보이는 것이다. 그중에 가장 충격적인 것은, 머리고 몸통이고 팔다리고 할 것 없이 갈기갈기 찢겨진 여러 구의 시신들이 한 리어카에 대나 캐나 실려 있는 모습이었다. 그것은 마치 마지막에 남은 허드레를 쓸어담은 것 같았는데, 찢긴 채 거기 허투루마투루 담겨 있는 몸뚱이들에 얼굴이나 옷가지가 없다면, 그것은 영락없이 돼지 여러 마리를 잡아 한꺼번에 섞어 싣고 어디론가 운반하고 있는 것으로밖에 보이지 않을 듯 싶었다.

광주를 보면서 치영은, 죽음에 대한 그때까지의 자신의 생각이 얼마나 겉멋 든 것이었나를 깨달을 수 있었다. 죽음은 결코 추상적인 것도 관념적인 것도 아니었다. 갯가에서 낚아 올린 볼락이 숨이 끊어져 뻣뻣하게 굳어지듯, 명절 때 추렴으로 잡아진 돼지가 이리저리 토막쳐져 이 집 저 집으로 나누어지듯, 죽음은 극히 일상적이고 흔한 일이었다. 죽음은 자신이 모르는 먼 수평선 너머 저 어디나, 저물녘이면 온갖 모양새로 서편 하늘을 수놓는 구름나라 건너에서 일어나는 다른 세계의 일이 아니라, 내가 발 딛고 있는 바로 여기에서 생기는 익숙한 사건이었다. 같이 숨을 쉬다가도 숨이 끊어지면 그 순간이 바로 죽음인 것이다. 그 대상이 너였다가 나일 수 있고, 나였다가 또 다른 너일 수 있는 것이다. 그것이 '죽음'이란 이름을 가진 것의 실체였다.

광주를 보고 난 치영에게 '죽음'은 그전까지의 것이 아니었다. 죽은 후에 하느님이 예비한 세계가 있어 그곳에 들어간다는 그때까지의 생각이 어느새 머릿속에서 사라져버린 것이다. 죄 없이 억울하게 찢긴 육신들이지만 그 육신들의 영혼이 있어 죽어서 좋은 곳으로 갔으리라는 생각은 안 들었다. 그들은 인간이므로, 그들은 맨맛하게 죽었으므로, 그들에게 특별한 곳이 마련돼 있을 것 같지는 않은 것이다. 마찬가지로 그들을 그렇게 잔혹하게 살육한 사람들 역시 여기서 저지른 행위 때문에 그 죄의 대가로 지옥불에 떨어진다는 생각도 안 들었다. 생명이 끊어진 고양이나 새의 사체들이 아무데서나 썩어 없어지듯, 돼지나 닭 같은 것들 역시 생명체이지만 사람에 의해 먹어치워지듯, 인간의 육체도 그처럼 흔적 없이 사라지고 만다는 결론이었다. 인간에게만 특별한 무엇이 있을 리 없었다. '인간'이라 불리는 이렇게 생긴 동물이 그들을 중심으로 이 세계를 꾸려놓고 있어서 그들이 다른 동물과 차이가 나 보일 뿐이지, 우주의 저 어느 별에서 또다른 존재가 지구를 내려다본다면 인간 역시 다른 동물들과 조금도 다를 게 없을 것이었다. 모든 생명은 다 똑같다. 나서, 자라고, 생명을 유지하다가, 때가 되면 죽는 것이다. 들고 나는 숨의 결이 끝나는 순간 하나의 고깃덩이가 되어 썩어지고 만다. 그것이 생명 있는 모든 존재들의 피할 수 없는 운명이다. '생자는 필멸'이다. 그러고는 끝이다. 그 다음에는 아무것도 없다.

젖은 이불을 덮어쓴 채 온몸을 덜덜거리며 치영은 생각한다. 지상에서의 시간이 다하는 이 지점에서 돌아보건대 나에게 이 세상에서의 삶은 무엇이었던가. 나는 무엇을 위해 살았으며, 무엇을 향해 내 삶을 밀어갔던가. 위했던 것과 향했던 것이 과연 있기는 했는가. 없는 것 같다. 아니 아무것도 없다. 태어나서 자라, 결혼하고, 먹고살기 위해 일하고, 그사이에 자식 낳고, 그렇게 그작저작 살다가는 끝이다. 위했던 것도 향했던 것도 없이 그냥 그렇게 끝이다. 그런데 나는 무얼 바라 그리도 애면글면했을까. 결국에는 내려가기만 하고 결코 다시 오르지는 않는 승강기를 타고 저 끝 모를 어디로 떠날 것이면서 무얼 그리 안달복달했을까. 오늘도 다 껴안지 못하면서 왜 그렇게 마침표로 올 뿐인 미래만 걱정했었을까. 그렇게 고민해왔던 '죽음'인데, 그렇게 평생을 속앓이하며 무시로 부대꼈던 '죽음'인데 막상 그 앞에 서니 아무것도 없다. 그저 무엇엔가에 밀려 어디론가 가고 있을 뿐이다. 그것이 사실은 '죽음'이란 것의 본질이었다. 그랬었다. 치영은 바르르 몸을 떤다.

수열에게 죽음은 낯설지 않다. 일 년에 너덧 번 만나는 친숙한 사이이다. 동네에 초상이 나면 염을 하는 건 수열의 몫이다. 먼저 떠난 친구들도 다 수열이 염을 해 보냈다. 이 세상에서의 마지막

단장을 해주는 것이다. 쑥물로 송장을 씻어 수의를 입히고 나서 반함(飯含)을 한다. 저승까지 굶지 말고 가라며 물에 불린 쌀을 나무 숟가락에 떠서, 처음 술 '백석'을 입의 오른쪽에, 다음 술 '천석'을 왼쪽에, 마지막 마지막 술 '만석'을 가운데에 넣어주는 순서다. 수열은 그때마다 죽은 이의 얼굴을 보며 그네들의 표정이 하나같이 편안하다는 생각을 한다. 있이 살았든 없이 살았든, 편하게 살았든 힘들게 살았든, 죽은 후의 모습은 한결같이 꽃잠을 자듯 안온해 보이는 것이다. 약속이나 한듯 그랬다. 염포로 몸을 싸 왼새끼로 꽁꽁 묶으면서는, 그들의 육신이 나락 한 뭇도 안 될 정도로 가볍다는 느낌을 갖는다. 세상을 떠난 육신은 깃털처럼 가벼워져 어디론가 날아오르는가 보았다. 수열에게 죽음은 그런 것이었다. 누구에게나 예외가 없는 시간처럼 모두에게 공평한 것, 세상에서의 삶이 어찌했었든 모두가 같은 굽 높이의 신을 신고 같은 계단에 서는 것, 높고 낮아 불공평했던 것이 비로소 평평해지는 것, 그것이 수열에게의 죽음이었다.

수열은, 이 지상에서의 혼은 하나의 몸에 깃들이지만, 육신을 떠난 혼은 이 세상 어디에나 깃들인다고 생각한다. 그래서 사람이 죽으면 이제 혼은 바람처럼 혹은 공기처럼 온 우주를 집 삼아 자유롭게 떠돌아다닌다고. 그러니 죽음이란 단지 그 몸과 혼이 머물렀던 '곳'의 주소 변경에 다름 아니라고. 저 들과 산에 보이는 숱한 뫼뚱들은 사람의 마을에 살던 몸과 혼이 뒷사람들을 위해 자신들의 자리를 그리로 옮긴 것이라고. 그러므로 그 주소들에 정성과 예의를 다하는 것은, 나에게 자리를 내주어 여기 살게 해준 고마운 앞사람들에 대한 당연한 몸가짐이라고. 나 여기 살다 언젠가 저리로 자리를 옮겼을 때 뒷사람들 역시 똑같이 그렇게 할 것이라고. 그것이 사람의 발자취이고 세상의 태죽이라고.

그러면 아버지는 어디로 주소를 옮겼을까. 사람들이 다 가는 산이나 들은 너무 복잡할 것 같아 사람들이 잘 안 가는 바다로 가신 것일까. 물에 둘린 땅에서의 세월이 너무 갑갑했어서 물결 따라 어디로나 흐를 수 있는 그곳으로 가신 것일까. 바닷속 거기에도 아버지가 깃들일 곳이 있기는 한 걸까. 하기야 바다도 우주의 한 부분일 터이니 땅과 별반 다를 게 없으렷다. 그럼 아버지는 이녁이 가보니까 좋아서, 괜히 북적대고 번잡스러운 곳에 있지 말고 한갓지고 한적한 곳으로 오라고 나를 부르시는 걸까. 나중에 오면 복잡할 테니 미리 와서 자리를 잡으라고 지금 나를 데려가시려는 걸까. 그래도 아직 떠날 때는 아닌 듯한데 벌써 부르시는 걸까. 어머니도 모셔야 하고 자식들도 더 키워야 하는 걸 뻔히 아실 텐데 아버지가 그러시는 걸까. 아니다. 사정을 아는 아버지는 결코 그러지 않으실 거다. 염라대왕이 데려오라 해도 우리 아버지는, 우리 아들은 아직 올 때가 아니라고, 그놈은 더 거기 있으면서 해야 할 일이 많다고, 그러니 지금 데려오면 안 된다면서 뻗정다리를 하고는 끝까지 다랑귀를 떼실 것이다. 분명히 그러실 것이다. 틀림없다. 그래서 바닷속 저 어디에 계시는 아버지가 지금 배 밑까지 올라와 금방이라도 빠질 듯한 두 어깨로 낑낑대며 배를 미고 있는 것이다. 그래서 배가 안 까랑지고 이렇게 바다 한 가운데 떠 있는 것이다. 그런 것이다. 영락없다. 갑자기 수열의 심장이 더워져온다.

정삼에게 죽음은 세상의 유일한 두려움이고 가장 무서운 손을 가진 대상이다. 돈에도, 명예에도, 권력에도 꿀릴 게 없는데 오직 죽음만이 정삼을 무릎 꿇게 만든다. 일생동안 쌓아올린 탑도, 이 지상에서 누리고 있는 모든 것들도 죽음의 귀쌈 한 방이면 깨끗이 날아가는 것이다. 세상의 그 어떤 힘도, 심지어는 하느님도 그것을 어쩌지 못한다. 정삼은 그것을 알고 있다. 그래서 두렵다.

그 두려움에서 벗어나기 위해 정삼은 그리도 열심히 교회에 다녔다. 이승의 삶 뒤에 있을 하느님의 나라를 얻기 위해서였다. 진정 그곳이 있어 그곳에 이를 수만 있다면 죽음으로 인한 박탈의 두려움쯤이야 얼마든지 이겨낼 수 있지 싶었다. 그렇게만 된다면 세상에는 무서울 게 하나도 없게 된다. 하지만 그게 생각처럼 쉽지 않았다. 신에 대한 믿음을 키워간다는 것과 죽음을 이긴다는 것은 별개의 문제였다. 믿음은 종교의 문제였고 죽음은 철학의 문제였다. 믿음은 아무리해도 죽음을 넘지 못했다.

나이가 들면서 죽음에 대한 생각을 더 자주 하게 됐지만 이렇게 급작스럽게 마주칠지는 몰랐다. 그것은 아직도 고개 너머 한참 저 멀리에 있는 것으로만 여겼었다. 먼 미래의 일이든가, 아예 없으면 좋을 그런 것으로 치부하고 있었다. 그런데 불현듯 그것이 찾아와 바다 위에 가두고는 낭떠러지로 조금씩 밀어대고 있는 것이다. 그것이 죽음의 본질이라는 듯, 죽음이라는 게 본래 그렇다는 듯 아무 저항도 해볼 수 없게 말이다. 정삼은 온몸이 바짝 오그라든다. 한기 탓만은 아니다. 죽어야 한다는 생각이 스스로를 소름끼치게 한다. 더 이상 세상의 것들에 대해 생각할 수도 없이 영원히 아무것도 아닌 것으로 소멸해 버리는 것, 나는 사라지고 없지만 그래도 아무 일 없는 듯 세상은 잘만 흘러가는 것, 그것이 죽음일 것이다. 살고, 느끼고, 생각하고, 슬퍼 울기도 하고, 기뻐 환호하기도 하는 것, 그것이 삶이었는데, 그것이 살아 있는 것이었는데, 그런 일체를 드러낼 수 없는 것, 이 거대한 우주의 어느 구석에도 먼지 같은 존재로도 끼어들지 못하는 것, 우주의 질서에서 영원히 추방되는 것, 그것이 죽음 아니겠는가. 아아! 이제 내가 그것인 것이 되어야 하는 것이다. 맨몸으로 태어나 남부러울 만큼 가졌다는 내가, 맨주먹으로 시작해 남들은 꿈도 못 꿀 만큼 이루었다는 내가 이제 그래야 하는 것이다. 피와 땀으로 이룬 모든 것을 뒤에 남긴 채 어둠 속으로 꺼져야 하는 것이다. 죽음의 올무를 모가지에 걸고 정지된 저 세계로 끌려가야 하는 것이다. 아아! 정말 그럴 수밖에 없다는 것이다. 정삼은 한전난 듯 바르르바르르 몸을 떨어댄다.

"아, 아야, 에, 엔진소리!"

수열이 이불을 들추며 고개를 내밀어 사방을 둘러본다.

"부, 분명 에, 엔진소리 나, 났는데."

치영과 정삼도 덜덜거리며 고개를 내밀고 이리저리 둘러본다.

"조, 조용……."

셋은 고개를 숙인 채 귀를 쫑긋한다.

"소, 소리, 하나 둘 셋!"

"사람…… 살려! 사람…… 살려! 사람…… 살려! 사람 살려!"

셋은 벌벌거리며 안개를 향해 죽어라고 소리를 지른다. 오그라들어 가던 어디에 그런 기운이 남아 있었는지 소리가 제법 크다. 죽을힘으로 몇 번을 더 외친다. 소리는 안개를 뚫고 몇 발짝 가보지만 이내 사위고 만다. 셋은 허리를 숙인 채 귀를 쫑긋한다. 아무 소리도 안 들린다. 소리에 놀라 밀려났던 안개가 다시 셋을 짙게 싸버린다.

낯선 사람들의 것

뭍일을 끝낸 정삼이 바로 안 올라가고 하루 더 묵으면서 낚시를 간다기에 동근도 배를 띄워본 것이었다. 물때도 날씨도 별로 내키지는 않았다. 그래도 한동네 친한 친구들끼리라는데, 오랜만에 정삼이까지 끼었다는데 혼자 빠지는 것도 영 그랬다. 배를 띄워 띠섬 앞으로 가면서, 그물을 놓으려 물을 살피면서, 동근은 역시나 제 생각이 맞았다는 걸 확인할 수 있었다. 사리가 시작되는 다섯물이라 배쌈을 치고 도는 물살이 장난이 아닌 것이다. 거기에 여서도 쪽에서는 스멀스멀 안개까지 밀려오고 있었다. 동근은 안 되겠다 싶어 미련 없이 배를 돌렸다. 안주감 몇 마리 잡으려다 자칫하면 큰일 칠 듯싶었다.

섬으로 들어오면서 동근은 계속해서 수열에게 무전을 때렸다.

응답이 없기에 그물을 뽑고 있으려니 했다. 양망작업이 한창일 때는 무전에 대고 "지에미 붙을 놈!"이라 해도 대꾸를 못 한다. 작업을 하는 갑판에서 무전기가 있는 브리지까지의 거리도 거리지만 그물 뽑느라 정신이 없기 때문이다. 단속반이 가까이 왔는데도 모를 정도이니 시시껍떡한 소리들이나 주고받는 무전이야 귓등으로 흘리는 건 당연하다.

"어야! 어채 미림이네 계속 무전 안 받네야!"

동근이 갑판에 서 있는 아내를 향해 소리친다. 아내가 선실 쪽으로 몸을 기울이며 손을 펴 귓바퀴에 댄다.

"미림이네 무전 안 받는다고!"

동근이 오른손을 귀에 댔다 떼며 손사래를 친다.

아내가 브리지로 오더니 핸드폰을 들고는 동근을 쳐다본다. 번호를 눌러달라는 얘기다. 수열의 번호를 눌러 신호를 보내고는 동근은 아내에게 핸드폰을 건넨다. 아내는 한참을 귀에 대고 있더니 안 받는다는 듯 고개를 좌우로 흔들어댄다. 그러더니 아내는 다시 전화를 걸어본다.

"안 받어?"

아내가 머리를 끄덕인다.

동근의 아내는 정상에 조금 못 미친다는 소리를 듣는다. 동근과 함께 어장은 다니고 있지만 반응속도가 보통사람들보다 한 박자 늦다. 동근은 그런 아내를 사람들 앞에 잘 데려가지 않는다. 형제처럼 지내는 수열과 치영, 예닐곱 집 되는 동네어른들, 그리고 아내가 다니는 교회 사람들이 만나는 전부다. 늦게까지 장가를 못 들고 몽달귀신이 될 팔자인 동근을 위해 치영이 이 농협저 농협 수소문해서 찾아낸 여자다. 처음에는 동근도 떨떠름해했는데 두어 번 만나보더니 같이 살겠다 했다. 농협회관에서 간소하게 식을 올리고는, 동근은 각시를 데리고 진섬으로 들어갔다. 그러고는 부부가 함께 고기를 잡으며 살고 있다.

계속해서 무전을 보내보지만 여전히 답이 없다. 충분히 그물을 한번 뽑고 회를 썰어 소주라도 한잔할 터울인 데도 그렇다. 갑판에 술자리를 펴고 앉았으면 무전을 안 받을 리 없다. 핸드폰은 여기저기 안 터지는 곳이 많아 바다에 나오면 수열과는 무전으로 연락을 취한다. 돈도 안 들고 안 터지는 데도 없으니 가장 좋은 통신 방법이다. 그래서 어지간하면 서로의 무전에는 응답해주는 게 약속처럼 돼 있다.

아내는 브리지 옆에 선 채 계속해서 핸드폰에 귀를 댔다 뗐다 한다. 그러더니 동근을 향해 머리를 좌우로 흔들어댄다. 동근은 아내에게 핸드폰을 달래서 치영에게 전화를 걸어본다. 신호는 가는데 받지는 않는다. 불길한 예감이 동근의 머리를 스친다.

선창에 배를 대고도 동근은 계속해서 수열에게 무전을 때려본다. 역시 반응이 없다. 무전에 답을 안 할 수열이 아니다. 안개가 자욱한 이런 날에는 더 그렇다. 더군다나 친구들을 데리고 어장을 나갔으니, 어장 끝내고 술 약속을 했으니 즉각 답을 해야 한다. 그런데 먹통이다. 전에 없던 일이다. 하루 종일 끼어 있는 안개처럼 불길한 생각이 자욱해진다.

"어야! 빨리 타게! 다시 나가봐야겠네야!"

동근이 선창에 서 있는 아내를 향해 갈퀴손질을 한다.

"안개가 잔뜩 쪘는데 나갈라고라우?"

이물로 걸어온 아내가 주위를 둘러보며 마뜩찮은 표정을 짓는다.

"사람이 어치께 됐을지도 모를 판에, 시방 안개가 문제여? 언능 모얏줄 풀게."

아내는 다시 선창에 내려 돌말뚝에 걸렸던 모얏줄을 벗겨 들고 서둘러 배에 오른다. 닻을 뽑은 동근은 기다란 줄 한 가닥을 이물의 타락 뒤로 길게 늘여뜨린다. 안갯속을 항해하는 섬사람들의 방법이다. 그 줄이 직선으로 뻗어지도록 배를 몰아야 한다. 줄이 굽어지면 배는 계속해서 같은 곳을 뱅뱅 돌게 된다. 그 줄을 나침반이자 해도(海圖) 삼아, 평소에 다니던 감으로 주변을 잘 살피며, 그믐밤에 이웃집 마실 가듯 따듬따듬 짚어가는 방법밖에 없다.

동근은 띠섬으로 향하고 있다. 그곳에서 어장을 하면, 동근은 자신이 살고 있는 진섬을 보고, 수열은 방파제 앞에 있는 두억도를 보고 그물을 끄슨다. 그래서 수열이 간 쪽으로 더듬어볼 참이다. 대충 그쯤이다 싶은 곳에서 동근은 두억도를 가늠한다. 저 멀리에 샘북산의 가마꽁지가 보이니 어느 정도 방향을 잡을 수는 있다. 동근은 천천히 조속기 레버를 민다. 시야는 서너 발짝을 못 뻗어가고 안개에 묻혀버린다. 한겨울에 신작로를 걸어 심부름을 가는 아이처럼 안개는 단단히 옷깃을 여며 조금의 틈도 안 내준다.

"여보! 십자가!"

갑판에 서서 앞만 뚫어져라 쳐다보던 아내가 뒤를 돌아보며 소리친다.

—배 찾으라께 저 여자가 뭔 뜬금없는 십자가라냐. 교회 다닌대서 공일마다 데려다줬든마는 인자 헛것이 뵈는갑네라. 미치겄구마이.

동근은 한숨을 내쉰다.

따로 젓꾼을 살 만큼의 벌이가 안 되니 아내를 데리고 어장을 다닐 수밖에 없었다. 서툴지만 시키는 대로 말을 잘 들으며 어장을 따라다니던 아내가 어느 날 뜬금없이 교회에 다니겠다 했다. 한겨울 바다 한가운데서 한창 그물을 뽑다가 아이스께끼가 먹고 싶다며 떼를 쓰는 것처럼 생뚱맞았다. 조상 제사도 안 지낸다며 사람들 손가락질 받는, 그래서 반푼이들이나 다닌 곳이라며 업신여겨지는 교회에 다니겠다니? 이 여자가 참말로 반푼이가 되려는 걸까. 아내의 태도가 맞갖잖기도 했지만 이해가 안 되기도 했다. 교회에 가려면 면소재지까지 배를 타고 건너야 하기 때문이다. 거기를 헤엄쳐 건너가기라도 하겠다는 걸까, 어장을 제쳐놓고 배로 건너달라기라도 하려는 걸까.

일요일이 되자 대체로나 아내는 옷을 깨끔히 차려입고 길을 나서며 면소재지까지 건너달랬다. 안 된다 하려다가 맨날 혼자 외

돌톨이로 지내는 게 가여워 배를 띄워 건네주었다. 누가 옆구리를 찌르니까 잠깐 결쌈이 났겠지. 제까짓게 몇 조금 가겠어? 서너 번 가다 말겠지. 동근은 그 몇 번만 건네주면 될 거라 생각했다. 그런데 아니었다. 날이 궂어 배를 띄울 수 없는 때가 아니면 빠지는 날이 없었다. 물이 때에 맞춰 들었다 쓸듯, 그 물 따라 어부는 바다에 나가 그물을 펴듯, 아내는 일요일만 되면 옷을 단정히 차려입고 집을 나서는 것이다. 그러면 동근은 배를 띄워 건네주고, 예배가 끝나기를 기다렸다 데리고 왔다.

일요일만 되면 선보러 가는 양 깨끗이 차려입고 나서는 아내의 눈에 십자가가 보인단다. 그리 직심으로 예배당에 다니니 헛것이 보일 만도 하겠다. 그렇게 생각은 하면서도 동근은 해나 진짜일지도 모른다며 눈을 곤추뜨고 앞을 쳐다본다. 하지만 역시나 이물 너머에는 뿌연 안개의 벽만 둘러쳐 있을 뿐 흰 작대기 하나 안 보인다.

"저 앞에 십자가 있어라우!"

아내가 브리지로 걸어와 동근을 올려다본다.

"뭔 소리여 시방! 미림이네 배 있는가 보라께로는!"

동근이 버럭 소리를 지른다.

"이리 와 봐보시요."

각시가 동근의 팔쭉지를 잡아끈다.

"허허, 이거 사람 미치겠구마이."

동근은 조속기의 기어를 중립에 넣어두고 이물로 따라간다.

"저기 봐보시요. 십자가라우."

아내가 손가락으로 앞쪽을 가리킨다. 보이는 건 아적나절부터 내내 사방을 두르고 있는 안개뿐이다.

"이 여자가 인자 미쳐가는갑구마이. 쯧쯧."

동근이 고물 쪽으로 몸을 돌린다.

"어? 금방까지 있었는데."

아낙은 고개를 갸우뚱거린다.

"어야, 정신채리게이. 안갯속에 귀신이 물어가네이."

아무래도 교회를 그만 다니라 해야 할 성부르다. 헛것 보이는 게 심상치 않다. 이러다가 교회에 미쳐 지세도 안 지내겠다고 손 터는 건 아닌지 모르겠다. 다짐을 받기는 했제만 그래도 모를 일이다. 미리미리 단도리해야겄다.

동근은 타락을 걸어와 다시 브리지에 선다.

그때였다. 동근이 다시 치를 잡고 안갯속에 길을 찾아 눈을 크게 뜨고 이물 너머를 바라보는 바로 그때였다. 저 앞에 배 한 척이 나타나 있는 것이다. 분명히 조금 전만 해도 아무것도 없었는데, 안개만 자욱하니 눈길을 막았는데, 어디선가 갑자기 배 한 척이 나타나 꽁지부리를 보이고 있는 것이다. 뫼얍다 싶어 동근은 눈을 비비고 다시 봐본다. 배가 맞다. 도저히 안 믿겨져 다시 눈을 비벼봤지만, 꽁지부리에 치가 달렸고, 그 앞에 브리지가 있는 낭장망 어선이 분명하다. 그런데 희한하다. 선장이 없다. 선장이 서서 치를 잡아야 할 브리지가 비어 있는 것이다. 혹시 오줌이라도 누고 있나 싶어 다시 보아도 배에는 아무도 없다. 그런데도 배는 계속해서 앞으로 가고 있다. 괴상한 일이다. 이 안갯속에서 갑자기 배가 나타나다니. 그리고 선장이 없는데 배는 가고 있다니. 그것도 남의 배 앞에 바투 선 상태로 일정한 간격을 유지하면서 말이다. 동근은 뺨을 때려본다. 찰싹인다. 귀신이 되어 곡을 하는 기분이다.

곡은 거기에서 그치지 않는다. 브리지 바로 위쪽에 불이 켜져 있다. 그런데 그 불이 보통 배에 달려 있는 백열전구가 아니라 초꼬지불이다. 참치 캔만 한 깡통에 기름을 붓고, 심지 달린 뚜껑을 돌려 잠가 불을 켜 바람벽 모서리의 등잔에 올려놓던 그 초꼬지불이다. 세상에서는 진작에 사라져 이제는 박물관에나 가야 볼 수 있는 그 초꼬지불이 그 자리에 켜 있는 것이다. 더 기가 막히는 것은, 바람에 안 꺼지도록 초꼬지에 유리로 등갓이 씌워진 토시등이 아니라 등갓을 빼낸 맨초꼬지인데, 그런데도 불이 안 꺼지고 그대로 있는 것이다. 아이들의 콧바람에도, 지게문을 여는 서슬에도 심하게 비츨거리는 초꼬지불이, 항해 중인 배의 브리지 위쪽에 켜 있는데도 불꽃이 전혀 안 흔들거리고 위로 반듯하게 뻗어 있는 것이다. 이건 뭐냐? 이건 도대체 뭣이냐? 저기 있는 배는, 선장이 없는 브리지는, 그리고 바다 한가운데서 멀쩡하게 써진 저 초꼬지불은 대관절 뭣이다냐? 동근은 이번에는 뺨을 꼬집어본다. 아프다. 동근은 다시 한 번 귀신이 되어 곡을 해야 했다.

귀신에 홀린지도 모른다고 생각은 하면서도 동근은 초꼬지불에 온 정신을 집중한다. 아무래도 그것이 나침반처럼만 여겨져서였다. 그렇게 불을 따라 한참을 가는데 어느 순간 초꼬지불과 배가 감쪽같이 사라지고 없다. 정말 눈만 깜빡했을 뿐인데, 어만 데안 보고 그저 그것만 보고 있었는데 초꼬지불과 배가 없어져버린 것이다. 동근은 혹시 초꼬지불이 꺼졌나 해서 다시 살펴보지만, 보이는 건 짙은 안개의 바다뿐이다.

　참말로 고재가 알 낳을 일이구마이.

　동근은 기어를 중립에 넣어놓고 이물로 가본다. 안개가 더 짙어져 배를 싸버렸나 싶었지만 안개는 그대로이다. 동근은 한눈판게 없는데, 분명히 그것만을 뚫어지게 바라보며 배를 몰았는데, 하늘로 솟구쳤는지 바닷속으로 꺼졌는지, 아니면 안갯속으로 슴배어버렸는지, 세상에나, 순식간에 초꼬지불의 배가 증발해버리고 없는 것이다. 귀신이 곡을 하다 경기 들릴 일이었다.

　"어야, 저 앞에 초꼬지불 쓴 배 못 봤는가?"

　갑판에 서 있는 아내는 아까처럼 고개만 갸우뚱댄다.

　"초꼬지는 없고 십자가만 있었어라우. 근디 이 앞에서 없어졌어라우."

　아내는 뚫어져라 앞만 쳐다보고 있다. 여차하면 십자가를 찾으러 칼치 앞으로 걸어나갈 품이다.

　해괴한 일이 다 있다. 저 사람은 조금 전까지 저 앞에 십자가가 있었단다. 저 사람이 거짓말을 할 줄 아는 사람도 아니고, 거짓말

할 상황도 아니고, 거짓말을 할 이유도 없다. 그렇다면 나에게 초꼬지불이 보였듯 저 사람에게는 십자가가 보였던 모양이다. 초꼬지불이 있었듯 십자가도 있었던 게 틀림없다. 그런데 왜 나에게는 십자가는 안 보이고 초꼬지불만 보였을까. 저 사람이 초꼬지불을 안 들먹이는 걸 보면 저 사람에게는 그것이 안 보였던 모양이다. 저 사람의 십자가가 나에게는 초꼬지불로 보이고, 내 초꼬지불이 저 사람에게는 십자가로 보였던 것일까. 하나의 것이 사람의 눈에 따라 서로 다른 것으로 보일 수도 있는 것일까. 뫼얀일이다. 귀신이 쌍으로 곡을 하는갑다.

"잘 봐보게이. 근방에 뭣이 있을지 모르께이."

동근은 네둘레를 둘러본다. 보이는 건 아침부터 지겹도록 끼어 있는 안개뿐이다. 밀밀한 안개의 막은 바로 눈앞에서 시야를 막아버린다. 그 짙은 안갯속에서 눈으로 무얼 찾아내는 것은 불가능하다. 그믐밤에 마당에서 바늘을 찾겠다며 손으로 흙바닥을 더듬고 있는 것이나 진배없다.

분명히 무엇에 홀린 것이다. 안갯속에서 느닷없이 초꼬지불에 십자가라니. 그리고 그것들이 순식간에 바람처럼 사라져버리다니. 제정신이 아닌 듯하다. 수열이는 벌써 선창에 들어갔는데 혼자서만 이러고 있는 건 아닐까. 즈네끼리 둘러앉아 술 먹고 있느라 전화도 안 받는데 나만 어만 데서 헛짓거리 하고 있는 것 아닌가. 선창을 먼저 확인하는 건데 일의 순서가 바뀌었다. 초꼬지불 쓴 배랑, 집사람이 봤다는 십자가는 맹탈없는 헛것이었다. 안갯속에서 헛것에 홀려 돌아오지 못할 먼 곳까지 가버린 사람들이 있다더니 영락없이 그 짝이다. 정신 바짝 차려야겠다. 안 그러면 어디까지 홀려버릴지 모른다.

동근은 배를 돌리고는 조속기의 레버를 밀어 속력을 높인다. 일단 선창에 들어가 수열의 배를 확인할 참이다. 그렇게 안갯속을 얼마쯤 헤쳤을까.

"여보! 십자가!"

이물에 서 있는 아내가 다시 앞쪽을 가리키며 소리친다.

동근은 눈을 커다랗게 뜨고 앞쪽을 응시한다. 저만치에 아까의 그 배가 다시 나타나 있다. 유령선인가 싶어 눈을 비비고 봐도 분명히 좀전에 보았던 그 배가 맞다. 그런데 이번에는 아까와는 또 다르다. 아내가 말한 십자가가 거기 보이는 것이다. 기관방 앞에 세워져 그물 뽑을 때 등을 매달거나 양쪽으로 줄을 묶어 간짓대 삼아 고기 말릴 때 쓰는 하얀 칠이 된 십자가다. 그런데 그 쇠로 된 십자 구조물에 토시등이 걸려 있다. 유리로 된 원뿔 모양의 등갓이 초꼬지불 위에 씌워지고, 그 위를 굵은 철사로 듬성듬성 테를 둘러, 어지간한 바람에는 잘 안 꺼져 밤에 마실 다닐 때 들고 다니거나, 밤늦게까지 농삿일을 해야 할 때 처마에 매달아 놓던 그 토시등이 십자의 정중앙에 걸려 있는 것이다. 식구 중에 누군가 원양어선을 타고 나갔거나, 화물선이나 무역선을 타고 멀리 외국을 다니거나, 섬에서 배를 부려 어장을 하는 집에서 하나같이 처마밑에 걸던 그 등이다. 매일 저녁참이면 할머니들이나 아낙들이 유리를 닦아 불을 켜 처마 밑에 걸고는, 그 작은 불빛을 우러르며 손을 모은 채 허리를 굽혔다 폈다 하던 토시등이다. 그 토시등이 십자가에 걸려 있는 것이다.

토시등을 보는 순간 동근의 머릿속에는 순간적으로 수열네 엄니가 떠올랐다. 원양어선 타는 사람들도 배를 부리는 사람들도 줄어들어 그만큼 비손할 일도 없어지고, 전기가 들어와 동네가 낮같이 환해지는 바람에 토시등도 점점 자취를 감추었다. 그만한 상황이 있어야 비손도 간절해질 것이고, 어둠 속에 켜 있어야 토시등도 하나의 불빛으로 빛날 수 있을 것이었다. 맨날 술이나 먹고 다니는 아들을 위해 환한 전깃불 아래 토시등을 걸고 간절히 빌 수는 없잖겠는가. 그런 현실에서 아직도 섬에서 유일하게 토시등을 거는 사람이 바로 수열네 엄니였다. 아는 박물관장이 있어 가져다주는지, 평생 쓸 토시등을 여투어두었는지 수열네 엄니는 지금도 날마다 저녁 어스름만 되면 정성스레 등을 켜 처마밑에 건다. 그러고는 그 앞에서 몇 번이고 머리를 조아리며 비손을 한다. 잠들어야 할 시간에도 온갖 뭍들을 잠 못 들게 하는 전깃불에 대면 그게 어디 빛의 축에나 끼랴만, 그래도 그것은 외딴집 처마 밑에 작고 가녀린 빛으로 걸려, 이녁 새끼들의 무탈과, 바다에 나다니는 아들의 무사와, 바닷속 어딘가로 떠나버린 남편의 명복을 비는 늙은 아낙의 마음이 되어주었다. 그렇다면 저 토시등은 틀림없이 수열네 엄니의 것이다. 수열네 엄니가 저녁마다 처마 밑에 거는 그 토시등이 분명하다. 그러면 저것은 수열에게 무슨 일이 일어났다는 증거다. 저 안개의 바다 어디에 수열이 있다는 표시이다. 그것을 알려주려고 이 깜깜한 안갯속에 느닷없이 토시등이 나타난 것이다. 확실하다. 동근은 눈을 크게 뜨며 귀를 활짝 열고는 온 신경을 곤두세운다.

앞서가던 배가 아까처럼 또 사라져버렸다. 토시등과 십자가도 같이 없어졌다. 조금 전에 왔던 그 지점인 것 같다. 동근은 배의 시동을 끈다.

"또 없어졌어라우."

"알어. 초꼬지불도 없어졌으께 아마 그랬을 거여. 어야, 잘 봐보고, 잘 들어봐이. 미림이네가 분명 여기 어디 있을 거여."

아내에게 말하며 동근은 눈을 크게 뜨고 귀의 안테나를 높이 세운다.

"……!"

안갯속에서 희미하게 무슨 소리가 들리는 듯하다.

"저 앞이라우."

아내가 앞쪽을 가리킨다. 동근은 시동을 걸고 천천히 앞으로 나아간다.

"……!"

무슨 소리가 가까워진다. 동근은 조금 더 나아가본다.

"사, 사……, 람 사, 살……!"

사람 소리가 분명하다. 동근은 좀더 다가가본다. 셋의 윤곽이 뚜렷해진다.

세 친구는 어깨를 결은 채 한 덩이가 되어 간신히 얼굴을 들고 있다. 동근은 배를 가까이 대고는 까파진 배의 등거리에 내린다. 그러고는 몸에 묶인 줄을 칼로 자르고 정삼을 어찌어찌 배 위로 밀어 올린다. 저쪽에서 아내가 손을 잡아끌어준다. 치영도, 수열도 차례로 올려준다. 아내가 선실에 쪼그린 세 사람을 담요로 싸준다. 동근이 이쪽 배로 올라 닻을 던지더니 닻줄을 들고 내려가 엎어진 배의 스크루 축에 묶는다.

"닻 묶었으께 배는 많이 안 밀릴 것이네. 배는 이따가 차러 오세."

동근이 다시 이쪽 배로 오른다.

"어, 어, 언능…… 가……."

수열이 간신히 말을 토해낸다.

"알았네. 근데 이상한 일이 다 있드라야."

동근이 선실 앞에 쪼그린다.

"아까침에 말이다. 느그 찾으러 오는데 브리지에 초꼬지불 쓴 배가 앞에서 가드라께. 우리 각시는 십자가가 보인다 글고."

세 사람은 하얗게 뜬 얼굴로 밀거니 동근을 올려다본다.

"……."

"근디 그 배가 선장이 없어야. 선장 없는 배가 내 앞에서 쌍긋 가는 거여. 마치 나한테 따러오라는 것맨치로야."

동근이 선실 쪽으로 조금 다가앉는다.

"그랬다가는 이 근처에서 싹 없어지든마. 그래서 뭐가 있는가 찾아보다가 안꿋도 없으께 배를 돌렜네에."

"아, 아까 여, 여기……?"

수열이 어찌저찌 혀를 움직여본다.

"그랬제. 한번 왔다가 안꿋도 없는지 알고 그냥 갔다께."

수열이 치영과 정삼을 돌아본다.

"아무래도 먼침 선창에 가봐야겠다고 가는데 그 배가 또 나타난 거여. 워어매! 근디 이참에는 십자가 위에 토시등을 달고 있드란 말다. 왜, 옛날 나가시배 앞에 쇠로 만들어 세우고 다니던 거 있냐 안. 십자가처럼 생긴 거 말다. 거기에 토시등이 걸려 있는 거여. 근디 그것이 나를 이리로 또 델꼬냐 안. 뫼얍지 않냐? 귀신도 아니고 도깨비도 아니고."

동근은 도대체가 이상한 일이라며 세 사람을 차례로 둘러본다.

"그, 글믄 수, 수열이 어, 엄니가…… 우, 우리, 사, 살렸는……."

담요 속에서 치영이 덜덜거리며 빠끔히 얼굴을 내민다.

"오, 주……, 주여! 어……, 어머니!"

정삼이 오슬거리며 손을 모은다.

"내가 봐도 글드라. 안 그라믄 뜬금없이 뭔 토시등이 다 나타났겄냐. 수열이네 엄니 정성이 느그 살린 거 탁어야."

—아, 아부지! …… 어, 엄니!

수열이 지긋이 눈을 감는다.

"어야, 인자 가세!"

동근이 자리에서 일어서며 갑판에 있는 아내에게 소리친다. 아내는 갑판에 무릎을 꿇고 두 손을 모은 채다.

"어야! 얼른 가자께!"

"야!"

아내가 아까처럼 이물에 선다.

동근은 브리지에 서서 앞쪽을 바라본다. 그런데 이참에는 아내의 등에 십자가가 세워지고 거기에 토시등이 걸려 있다. 고개를 갸웃대고 보아도 분명히 아내의 등에 그것이 있다. 뫼얍다 생각은 하면서도 동근은 그 십자가와 토시등을 나침반 삼는다.

동근이 살며시 조속기의 레버를 민다. 그렇게 깡깡하게 둘러쳤던 안개가 길을 조금 열어주는 듯하다.

〈끝〉

어휘 정리

ㄱ

가릉하다 : 술이 어느 정도 되다.

가매꿍지 : 가마.

가실 : 곡식을 거두어 들이는 일.

간재미 : 가오리.

갈고다니다 : 마음대로 휘젓고 다니다.

갑빠 : 배에서 작업할 때 입는 물옷.

갓지다 : 도시적인 느낌이 있다.

개구락지 : 개구리.

개이=괴기 : 고기.

갯것 : 고둥, 소라, 톳, 우무 같은 해산물.

갯바탕 : 썰물 때 물이 난 갯가의 공간.

갱물 : 갯물. 바닷물.

걸 : 그물이나 낚수를 걸리게 하는, 바다 밑에 있는 바위나, 바위에 붙은 굴껍질.

걸 걸리다 : 걸에 그물이나 낚수가 걸리다.

걸쌈 : 기분이나 분위기에 취한 상태에서 보이는 과장된 몸짓이나 태도.

고까이 : 번. 차례.

고대구리 : 저인망 어장. 촘촘한 그물로 바닥을 긁어 고기를 잡는 어장.

고동[1] : 고둥.

고동[2] : 신호.

고봉 : 그릇이 넘칠 정도로 넉넉히.

고재 : 고자.

공갈 : 거짓말.

공달 : 윤달.

공일 : 일요일.

귀살 : 고샅. 동네의 골목골목.

그새보 : 벌써. 그사이에.

그작저작 : 그럭저럭.

금메 : 글쎄.

기 : 게.

기알쳐내다 : 먹은 것을 토해내다.

기언질 : 끝내. 끝끝내.

까랑지다 : 가라앉다.

까파지다 : 배가 뒤집히다.

깐삽다 : ①입맛이 까다롭다. ②입이 짧다. ③얍삽하게 살짝살짝 떼어 먹다.

깝깝하다 : 답답하다.

꼰지 : 물구나무.

꼰지 서다 : 잠수하기 위해 머리를 박고 거꾸로 들어가다.

꼴새 : 꼴. 모양.

꽁꽁하다 : 뒤꼭지가 툭 튀어나오다.

끌줄 : 그물 양 끝에 묶여 배와 연결되어 있는 줄. 그물을 당길 때 쓴다.

끗다=끄스다 : 그물을 놓은 뒤 배로 끌고 가다.

끼레지다 : 걸에 걸린 낚수가 벗어지다.

ㄴ

나락 : 벼가 누렇게 익은 상태.

나시=나우 : 넉넉히. 충분히.

낚수 : 낚싯바늘.

난날 : 생일.

납살 : 나이.

내나 : ①똑같이. ②내내. 그대로. ③말했다시피.

널 : 널빤지.

노대로=노헤로 : ①시도 때도 없이. ②때를 안 가리고 아무 때나.

뉘=뉘누리 : 커다란 파도.

느그 : 너희. 이인칭의 대상을 가리킬 때 관형적으로 쓰는 말. ☞느그아부지,
      느그엄니.

느자구빠진 : ①싸가지가 없는. ②도리를 안 지키는

늘립하다 : 짜잔하다. 못나고 부족하다.

닉닉하다 : 많이 먹어 싫증나다.

닝께지다 : 무엇에 눌려 짜부라지다.

ㄷ

다러보다 : 슬쩍 만져보다.

단대이 : 단단히.

담독 : 담돌. 담을 이루고 있는 돌.

대나캐나 : 아무렇게나.

대방에 : 대번에. 한번에.

더트다 : ①어떤 곳을 구석구석 훑다. ②몸을 더듬다.

도치 : 도끼.

돌르다 : 남의 것을 훔치다.

독 : 돌.

동무탐 : 동무를 좋아하는 성벽. '-탐'은 그런 성향을 나타냄. 무섬탐

동어 : 숭어 새끼. 모치.

되나케나 : 아무거나. 이것저것 가리지 않고.

댓막가지 : 작은 대나무 막대.

뒷도모 : 고물. 선실 뒤 배의 맨 끝부분.

들먹시다 : 들먹이다.

들체미다 : 어깨에 들쳐 메다.

등거리 : 등의 널따란 부분. 등짝.

등딱지 : 등의 평평한 부분.

됫병=대두병 : 소주 한 되들이 병.

땜세 : 때문에.

떼밭 : 잔디밭.

뗏마 : 노로 움직이는 조그만 전마선.

뗑깡 : 행패.

ㄹ

라이방 : 선글라스의 속칭.

ㅁ

마이구리 : 만선.

매끼 : 나락뭇이나 보릿뭇을 묶는 새끼나 짚.

매이다 : 달렸다.

맥대로 : 마음대로. 마음 내키는 대로.

맨대가리 : ①할딱 벗어진 머리. ②머리에 아무것도 안 쓴 상태의 머리.

맨맛한 : 애먼. 전혀 상관이 없는.

맹탈없이 : 그럴 필요가 없었는데 맥없이.

머리크락 : 머리카락.

머릿골 치다 : 몹시 골치 아프다.

모살 : 모래.

모얏줄 : 배를 묶을 때 쓰는, 배의 이물과 고물에 있는 굵은 줄.

모타다 : 모이다.

몸살지치다 : 몸이 떨릴 정도로 징상스럽다.

뫼얍다 : 묘하다. 이상하다.

뫼뚱 : 산소 전체. '뚱'은 툭 튀어나온 형상에 붙는 접사. '불뚱', '절뚱.'

묏 : 묘. 산소.

문대다 : 문지르다. 스치고 가다.

문어단지 : 문어가 들어가는 조그만 통.

물공 : 부자(浮子). 물에 띄워 미역양식이나 다시마양식의 줄을 묶는다. '벵꼬'
    의 순화어.

물칸 : 고기를 살리기 위해 바닷물과 통하도록 만들어진 공간.

뭇 : 물고기 열 마리의 꿰미.

미다 : 어깨에 얹어 짊어지다.

미지다[1] : (사람이 많아) 미어터지다.

미지다[2] : 안타까움에 마음이 아프다.

민디다 : ①문지르다. 비비다. ②거칠게 무질러버리다.

밀거니 : 멀거니. 아무 생각 없이 멍하니.

밑 : ①고구마나 감자의 알맹이. ②여자의 성기를 가리키는 은어.

ㅂ

바다 : 바다.

발침 : 걸음.

배래기 : 물고기의 뱃살이 있는 곳.

배쌈 : 배를 빙 두르는 가생이.

벙어리오춘 : 아버지 또래의 이웃 어른.

벨놈들 : 별놈들. 용감한 놈들. 특별한 놈들.

보로시=포로시=포도시 : 간신히. 겨우.

볼따구 : 볼따구니.

부고장 : 인편으로 돌리는 초상을 알리는 누런 봉투.

부애나다 : 부아가 나다. 성질이 나다.

북감재 : 감자.

불 : 번.

붓꽃 : 성기 주위에 난 털.

브리지 : 선실 뒤쪽 선장이 서서 치를 잡는 곳.

비깜하다 : 얼굴을 내비치다.

빨 : 상황. 처지.

삐치다 : ①힘들다. 피곤하다. ②버겁다.

뼈딱 : 뼈.

뽈세 : 벌써. 진작.

뿌락지 : 황소.

삐리다 : 뿌리다.

ㅅ

사까내끼 : 수영선수들의 입수 자세.

상쾌이=상쾡이 : 상쾡이. 물돼지.

설렁거리다 : 앞에서 얼쩡거려 정신 사납게 하다.

~새레간에 : ~은커녕.

생얄로 : 날것으로. 생으로.

성천나다 : 담이나 논둑 따위가 허물어지다.

소락지 : 크게 지르는 소리.

속창시 빠진 : 속이 없는. 생각이 없는.

숙지다 : 어떤 현상이나 기세가 가라앉다.

술 : 낚싯줄.

시다 : 세다.

시마이 : 끝.

시쁘다=시프다 : 대상을 가볍게 보다.

시삐보다 : 우습게 여기다.

시아전 : 설 전에. 음력 섣달 하순.

신간 : 마음 속.

실래기다 : 상대를 붙잡고 애면글면 애쓰다.

써금써금하다 : 매우 낡아 썩은 듯하다.

쏠다 : 썰물 때가 되어 물이 나다.

쎄 : 혀.

쎄가 빠지다 : 어떤 일을 하느라 몹시 애를 쓰다.

○

아까침에 : 아까. 조금 전에.

아이가 : 상대의 말이나 태도가 같잖을 때 쓰는 감탄사.

아작나다 : 완전히 부서지다.

아짐찬하다 : 고맙다.

안꿋도 : 아무것도.

앤두로 : 따로.

어넙시 : 실컷. 원하는 대로 양껏.

어네이 : 훨씬. 한결.

어만 : 엉뚱한.

엄매 : '어머니'를 다정하게 부르는 말. 남의 어머니를 지칭할 때도 쓴다.

여우다 : 자식을 결혼시키다.

역부러 : 일부러.

영판 : ①영. 제법. ②전혀.

오만 : 모든.

오바 : 오우버. 무전 칠 때 말 끝에 붙이는 용어.

온놈 : 본래의 온전한 것.

온막 : 전부. 모두.

올케지다 : 뒤집혔던 것이 정상으로 바로 서다.

윈동네 : 이웃동네. 남의 동네.

왼새끼 : 송장 묶을 때 쓰는 왼쪽으로 꼰 새끼줄.

용골 : 배의 맨 앞에, 위에서 아래로 길게 만들어진 면.

우묵장성 : 풀이나 잡초가 매우 우거진 상태.

유제 : 이웃.

이 : 틈. 짬.

　　이없이 서디리다 : 쉬지 않고 일하다.

　　이가 나다 : 짬이 나다.

이깝 : 미끼.

이끼다 : 에끼다. 서로 줘야 할 것을 없는 것으로 치다.

이녁 : '당신'을 뜻하는 이인칭의 호칭. 주로 부부끼리나, 하대할 때 쓴다.

이상 : 제법. 꽤.

인자 : 이제.

ㅈ

자뿌라지다 : 맥없이 자빠지다.

자장개비 : 소나무의 잔 나뭇가지.

잘난대끼 : 잘난 척.

장두칼 : 부엌에서 쓰는 식칼.

장사 : 장례 지내는 일.

장치다 : 마음대로 이리저리 휘젓고 다니다.

재릿값 : 자릿값.

　　재릿값하다 : 죽으려고 용을 쓰다.

~재피다 : ~하고 싶다.

저금 : 살림.

　　저금 나다 : 아들이 결혼하여 분가하다.

　　저금 내다 : 아들이 결혼하여 살림을 내주다.

저무나 새나 : 날이 저물거나 날이 새거나. 시도 때도 없이 아무 때나.

저저금 : 각자각자.

점빵 : 가게. 상점.

젓꾼 : 품삯을 받고 배를 타는 사람. 선원.

정가운데 : 한가운데.

정지 : 시골집 부엌.

　　정재문=정지문 : 시골 부엌의 지게문. 나무로 만든 두 짝의 문으로 되어
　　　　있다.

조금 : ①보름 간의 물 때. 또는 그 기간. ②'얼마 동안'의 관용어로도 씀. ☞그것
　　　이 몇 조금 가나 보자.

조지다 : 인정사정없이 짓밟거나 패다.

중정 : 짐작이나 판단.

지세 : 제사.

지심 : 기음. 김.

직심으로 : 정성된 마음으로.

진두개 : 소에 붙어 피를 빠는 배가 빵빵한 곤충.

짐치 : 김치.

짜굿하면 : 자칫하면. 여차하면.

짝지밭 : 몽돌들이 널려 있는 갯돌밭.

짬매다 : 간단하게 고정해 묶다.

쩨찌하다 : 쩨쩨하다. 하는 짓이나 행동이 잘다.

쪼깐씩 : 조금씩.

ㅊ

차다 : 배를 줄로 묶어 앞에서 끌고 가다.

찬채이 : 천천히.

참말 : 정말.

창수 : 창자.

천신하다 : 몫으로 차지하다.

첨대 : 대나무 낚싯대.

첨대꼬작 : 첨대의 맨끝 낭창낭창한 부분.

초꼬지 : 참치캔만한 깡통에 기름을 붓고, 심지가 달린 꽂이를 꽂아 불을 켜는
　　　　호롱.

추심하다 : 물건을 거두어 잘 갈무리하다.

치 : 키.

ㅋ

칼치 : 앞으로 뾰족 튀어나온 배의 맨 앞부분.

ㅌ

타락 : 배의 가장자리를 널빤지로 빙 둘러 그 위로 걸어다닐 수 있게 만들어진 것.

탁다 : ~한 것 같다. ~과 비슷하다.

탁하다 : 닮았다.

태죽 : 자국. 흔적.

테다 : ①내기에 걸기 위해 돈 같은 것을 판에 내놓다. ②벌칙 같은 것을 받을 때 손을 바닥에 내밀어 놓다.

통시=통시칸=통새 : 시골 변소. 널을 걸쳐 똥을 누는 구덕이 있고, 옆에는 고잿돔을 쌓아놓은 공간이 있다.

ㅍ

폭시건히 : 책상다리를 하고는 편안히.

핑 : 망설임 없이 즉시. 곤장.

ㅎ

한년 : 항상.

한하고 : 한정없이 오랫동안.

함마이=할매 : 할머니.

해나 : 행여.

허천들리다 : 못 먹어 걸신들리다.

헛지서리 : 헛된 짓.

후리 : 길게 원 형태를 그리는 것.

히미질 : 헤엄질.

호오다 : '행여 그럴까'란 의미의 감탄사.

| 부록 |

이외수문학상에 대하여

독특한 상상력, 탁월한 언어의 직조로 사라져가는 감성을 되찾아 주는 작가 이외수와 청룡영화제 후원을 비롯해 문화예술 활성화를 위한 후원활동을 꾸준히 벌여온 대상㈜ 청정원이 국내 문학발전에 기여할 재능 있는 신인 작가 발굴에 나서기로 뜻을 모았다. 사단법인 격외문원이 주관하고 대상㈜ 청정원이 후원하는 '청정원과 함께하는 이외수문학상' 공모전은 중편소설 분야의 신인발굴을 목표로 2012년 11월 12일부터 2013년 2월 19일까지 100일간 진행되었다.

'이외수문학상' 응모부문은 중편소설(200자 원고지 400매 내외)에 한하며, 1등 당선자에게는 중편소설 공모전으로는 거액인 상금 1억 원이 수여되고 등단 작가로 예우받는다. 이 상은 소설 부문 공모전을 통해 입상 또는 추천이 완료되지 않은 신인을 대상으로 하기 때문에 앞으로 왕성한 작품 활동이 기대되는 세대에게 주어지는 공모상이다.

가장 한국적인 소설분야로서 전자책(e-book)이나 애플리케이션으로 제작하기에 적합해 뉴미디어 시대에 맞는 문학형식으로 각광받는 중편소설을 공모하는 '이외수문학상'은 한국문학 발전은 물론 '문학이 희망이 되는 시대'를 만들어 가기 위해 변화해 가는 독서환경에 끊임없이 한국문학을 이양하려는 시도이기도 하다.

총 300편이 넘는 작품이 접수되었고 응모기준에 부합하는 작품은 259편으로 그중 정택진의 『결』이 최종 수상작으로 선정되었다. 작품 심사와 당선작 선정에는 구효서(소설가), 김도언(소설가), 김성동(소설가), 우광훈(소설가), 윤이형(소설가), 전영태(문학평론가), 최성각(소설가), 하성란(소설가), 하창수(소설가), 이외수(소설가, 심사위원장) 등 10명의 심사위원이 참여하였다.

본심에 오른 작품은 「결」을 비롯, 「고양이를 찾아드립니다」 「부유한 노인들의 나라」 「슈퍼문으로 가는 조랑말」 「아버지의 인형」 「어느 낚시꾼 이야기」 「태양의 와류」 「활개춤」 등 8편이다.

아랑곳하지 않는 자신감, 그 여유와 결기

구효서(소설가)

모든 고양이가 어느 날 우리 곁에서 사라졌던 그리운 이웃의 환생일지도 몰라. 「고양이를 찾아 드립니다」를 읽으면서 문득 떠오른 생각이었습니다. 우리 곁에는 내 취향이 아닌 것, 나와 먼 것, 싫은 것, 관심 없는 것, 내가 아닌 남들이 있습니다. 우리는 용기를 내어 그것들에 다가가기도 합니다만, 우리가 용기를 내지 못하고 망설일 때 그것들이 우리에게 다가오기도 합니다. 풀리지 않는 삶의 문제로 막막하고 외로울 때 답이 되어 우리를 찾아오는 것이 그들이기도 합니다. 그 발걸음이 작고 느리긴 합니다만 존엄성의 발견과 연대란 본디 수선스럽지 않게 마련입니다. 젊은 세대에게 절망이란, 실패와 파멸을 감수하면서까지 끝내 지켜내고 싶은 그 무엇마저 잃었다는 뜻일 겁니다. 이 소설에서, 잃은 것이란 고양이라는 이름의 개인의 고유성과 인간의 존엄성입니다. 소설은 내내 그 고양이를 찾습니다. 그리고 마침내 그 고양이가 돌아옵니다.

안타깝고 따뜻하고 서늘한 내용에 잘 맞는 감성과 문장을 발휘했습니다. 그런데 고양이가 사람으로 환생한다는 설정이 긍정적 의미의 언캐니(uncanny)로 끝내 인정받지 못한 점이 참으로 아쉬웠습니다.

「슈퍼문으로 가는 조랑말」에는 반생애에 해당하는 시간이 흐릅니다. 인물이 다양한 만큼 그들의 국적도, 삶의 곡절도 그러합니다. 이처럼 시간의 길이가 길고 인물의 폭도 넓은 이야기 한가운데를 서른일곱 살 먹은 조랑말(현대자동차산 포니승용차)이 가로지릅니다.

가로지르는 게 조랑말뿐이어서 못내 궁금했습니다. 이런 이야기를 쓴 이유가 뭘까. 이야기를 가로지르는 조랑말에 그림자가 없거나 옅었기 때문이었을 겁니다. 밝은 면이 있으면 반드시 있게 마련인 그림자. 그 그림자로 엮어지는 서브 콘텍스트를 살렸다면 37년간 달려 낡고 지친 조랑말과 다양한 인물군의 풍화된 삶이 은근한 질감으로 이어졌을 텐데, 그만 추측과 기대에 머물게 할 뿐이었습니다.

「결」의 배경은 청뢰도입니다. 해남 땅끝마을보다 먼 완도군의 한 섬입니다. 배경만 먼 게 아니라 소설 자체가 중앙 문단의 서슬에서도 먼 청정지역의 섬 같군요. 아랑곳하지 않는 것도 무시할

수 없는 힘이고 자신감이지요. 죽음의 위기에서도 줄기차게 이어
지는 자기희화의 언어는, 다시마 먹고 자란 완도 전복의 감칠맛
도는 남도 사투리가 아니고는 제대로 드러나지 않았을 것입니다.
그 여유와 결기로 대성하길 바랍니다.

소설은 문장이다

김성동(소설가)

이 기절초풍하고 혼비백산하는 정신의 대공황시대에 소설가를 지망하는 젊은이들이 많다는 사실에 먼저 놀라면서, '소설은 처음도 그리고 그 마지막도 문장이다'라는 말로 머리글 삼아 8편을 읽고 난 느낌을 적어본다.

「어느 낚시꾼 이야기」

'시끄로운', '매고', '더돼는'처럼 맞춤법이 틀린 낱말떼들, 띄어쓰기도 많이 틀리니, 소설을 쓰고자 하는 사람으로서 기본적 자세가 안 되어 있다고 보인다. 더 본질적인 것은 문장이 평범하다 못하여 지루하며, 도대체 왜 이런 이야기를 하고 있는지 주제의식이 없고 무슨 필연성이 있어 '65번'까지 단락을 나누었는지도 모르겠다.

「고양이를 찾아드립니다」

추운 날씨에 저체온증으로 쓰러져 있는 젊은 노숙자가 하는 말이다.

"저체온증은 고산지대에서 조난됐을 때나 걸리는 거라고들 생각할 거예요. 나도 그런 줄 알았으니까. 혹독하고, 적대적이고, 타협하지 않는 자연속에서. 하지만 도시에도 자연은 있어요. 나는 시시각각 일어나는 자연의 변화와 징조들을 민감하게 인지해요……."

이것이 현실에서 들을 수 있는 말인가? 노숙자 신분으로 이런 논문투 말을 해서는 안 된다는 것이 아니라, 책에 나오는 것 같은 말이니, 비현실적인 말인 것이다. 자연스럽지 못하고 꾸며낸 상황이며 말투라는 것이다. 소설은 일차적으로 이야기이다. 거짓말이되 비현실적인 거짓말이어서는 안 되는 까닭이다.

"씨발, 지겨워", "씨발 존나 거지같아" 같은 말이 나오는데, 이런 말투를 써서는 안 된다는 것이 아니라, 이런 말투가 나올 수밖에 없는 현실의 필연성이 보이지 않는다는 것이다.

「결」

"아들아, 배는 물결을 타야 쓴다. 그래야 안 까파진다. 아무리 큰 뉘라도 결을 타는 배를 까파뜨리지는 못한다. 결을 타야 하는 것이 배의 이치니라. 세상살이도 그러니라. 그러니까 결대로 살아야 쓴다. 명심헤라이."

주인공 아버지 말처럼 세상풍파를 헤쳐 나갈 수 있는 어떤 이치, 곧 결을 찾아야 된다는 뜻으로 쓰여진 것 같은데, 이야기가 어떤 '드라마'가 없이 평면적이다. '소설이란 무엇인가?'를 다시 생각해 볼 필요가 있다. 그리고 대화가 아닌 지문에서 뜻 모를 말들이 너무 많다.

'꼴새', '걸쌈내', '고까이', '뽀랫줄', '까파진다', '보로시', '무살논', '문저리', '님께지고', '맨맛한', '담독', '통시', '가릉하게', '실래기치겠는가', '기언질', '서드래', '고래지미 안침진 곳에', '우리들 체를 꼴리게 하려고', '갈쌍거리고' '히미질'…….

「슈퍼문으로 가는 조랑말」

"각자 다른 꿈을 찾아 떠돌다가 자신들의 운명을 잘 알고서 조용히 목적지에 찾아든 자매 같은 느낌이었다. 지금 우리가 어떤 식으로든 혼자라는 것과 가난하고 앞으로의 여정이 얼마나 더 고독할지 모른다는 것 때문인지는 모르겠지만 하여간 그랬다."

"이국땅에서는 뭔가 새로운 인생이 되어 은하수로 가는 쪽배를 타고 돗대도 아니 달고 삿대도 없이, 서쪽나라로 잘도 갈 수 있을 줄로 알았"으나 "그러나 맘에 들지 않는 옷을 갈아입듯 모든 것이 바뀌어도 나는 여전히 불안했고, 어디에서든 달은 떴고 비도 내리고 꽃이 떨어지고 바람이 불었다. 그럼에도 아무렇지 않게 살아내야 함을 깨달았을 뿐 '달로 가는 계단'은 보이지 않았다"는 호주 이민자들 이야기가 날카롭지 않은 문장으로 이어지고 있으니, 왜 이런 이야기를 하는 것인지 의문이 든다. 다시 말하면 주제의식이 약하다는 것이다.

「활개춤」

임진왜란 때 날틀을 만들어 왜군을 괴롭히다가 진주성 싸움에서 날틀과 함께 우화등선(羽化登仙) 한 것으로 여겨진다는 평구(平九)라는 땅불쑥한 인물 이야기인데ㅡ

"어디선가 '웃는 올빼미'의 웃음엣소리가 선문답 비틈하게 발쪽거렸다. 정평구는 살랑살랑 불어오는 바람에 양팔을 들썩거리며 자늑자늑 말허리를 이었다."

"짜드라 웃기는 정평구의 기합소리와 동시에, 정말로 열 마리의 오리만 날고 다 날아가 버리는 게 아닌가. 아까막새 그가 살금살금 물속 깊이 들어가 줄줄이 오리발을 매달아 놓았음을 알 리 없는 떨거지들은 가댁질하던 미운 오리 새끼들처럼 어리둥절 고린짓을 하면서도 시룽시룽 습소를 짓지 않을 수 없었다."

"매실매실 거드럭거리는 골양반은 단단히 골려먹기로 마음먹은 그가 곰투덜하며 어리칙칙한 연사질로 들때놓고 시울질을 하였다. 중씰한 고린샌님은 은근한 베거리에 증폭되는 궁금증을 참을 수 없었는지 혀 꼬부라지는 소리로 그를 불렀다."

무슨 말인지 언뜻 들어오지 않으니, 이제는 사멸된 옛 토박이 말들이 제자리를 찾고 있지 못한 탓이다. 모두가 이런 식의 문장들이다. 아름다운 우리 토박이말 실력에 경의를 보내지만, 너무 어렵다. 옛말을 써서는 안 된다는 것이 아니다. 이치와 경우에 맞게 써야 된다는 말이니, 소설은 무엇보다도 먼저 누구나 읽을 수 있어야 하기 때문이다.

"오도깨비 장난에 홀린 흔들비쭉이 양반네가 두리벙하게 말마디를 무르춤하였다. 그러나 섬뻑 죄밑이 꿀려 말더듬 병에 걸린 양 왜틀비틀하다가 다시 말말결에 뒤웅스럽게 나달대기 시작했다."

"외수없이 꺼둘린 영감이 말을 뒤엎으며 다랑귀를 떼고 나서자, 정평구는 스르르 울골질을 풀면서 속새로 부앗가심을 하였다."

이쯤 되면 읽는 일을 마구 족대기질(고문)하는 것이니, 언어폭력이나 다름없다. 독자들이 도망간다. 아무리 되살려 써야 할 아름다운 우리 토박이말이라고 하더라도 이건 지나친 옛말 힘부림(권력)인 것이다.

또 한 가지, 임진왜란 때 '와아, 대박!'이라든지 '공갈' 같은 20세기 말을 썼을까? 그리고 '광영'은 왜식 한자말이고, 우리는 '영광'이 맞다. 전라우수사로 도임하는 길의 이억기 장군과 평구가 나누는 재담이 비현실적으로 너무 길다.

결정적으로 문제가 되는 것은 이른바 '판타지'로 흐르고 있다는 점이다. "한양에서 천릿길을 날틀 타고 날아와 각시짜리와 보름밤이 괴괴히 깊어지면 어김없이 꿈속에서 찰떡 맛인 듯 살붙임만 하고는 사라지곤 했는데, 삼베바지에 방귀 새듯이 언제부터인지 어머니가 그만 잔눈치를 채게 되었다." 소설은 '판타지 게임'

이 아니다.

「태양의 와류」

"태양이 어디로 가는지 모르는 것처럼 확실한 것은 아무것도 없다. 자신도 어디로 가는지 모른 채 살고 있"는 인간세계의 아득하고 막막함을 그런 대로 안정된 문장으로 그려주고 있는데—

파리외방전교회 소속 모방 신부와 김대건 신부의 일기가 액자소설로 들어 있는데, 액자에 담긴 이야기와 주인공이 현실에서 느끼는 고뇌가 구체적 실감으로 오지 않음은 무슨 까닭일까?

정다산(丁茶山)의 고뇌와 추사(秋士)의 고뇌가 실감나지 않는 상투성에 흐르고 있다는 것은, 그때 조선왕조가 처한 역사적 문제와 세계사적 문제가 모호하기 때문이 아닐까. 그들의 고뇌가 살아 움직이기 위해서는 그때 현실의 핍진한 묘사가 있었어야 했다는 생각이다. 어떤 인물을 다룬 이야기가 '소설'이 되기 위해서는 전기나 평전과는 다른 '그 무엇'이 있어야 할 것이다.

「부유한 노인들의 나라」

첫머리에서 보여주는 세찬 귀띔. 고갱이만 보여주는 간결한 문체. 헤밍웨이 단편을 떠올리게 하는 '하드보일드 스타일' 한마디로 '컴퓨터 문체'라고 부를 수 있는 메마른 문장이 끌고 가는 비정한 이야기로 읽는 사람을 긴장시키는 소설이다. 판타지 온라인 게임. 사이버 섹스. 자식들을 죽여 그 장기로 생명을 연장하는 노인들과, TV로 게이트볼 중계를 보고, 하루에도 몇 명씩 파트너들을 바꿔가며 사이버 섹스를 하고, 가상현실 게임에 접속해 몬스터들을 사냥하는 것이 전부인 젊은이들의 단조로운 일상이 겨끔내기로 보여지면서—

"온통 다 쓸모없는 놈들뿐이야."

공중보건과 의학의 발전 덕분에 세상에서 한정된 일자리를 모두 차지하고 물러설 줄 모르는 진시황처럼 불사를 꿈꾸는 노인들은 장기를 교체하여 장생불사를 갈망하며 부작용 없는 자식들의 장기를 빼앗는다는 것으로, 컴퓨터 사회로 접어든 인류의 암담한 내일을 그려보는 문명비판소설인데—

"불가능해 보이지만 먼저 용기를 내서 시도하는 것이 중요하다. 그런 용기와 변화들이 모이면 언젠가는 이 역겨운 세상을 바꿀 수도 있을 것이다. 누구도 감히 생각지 못했던 것을 시작하는 게 바로 우리에게 주어진 구실"이라고 믿고 일떠섰던 젊은이들이 기득권 세력에게 눌려 무너지면서 "진실 따위는 없다. 그저 어떤 위치에서 바라보는가에 따라 세상이 조금씩 다르게 보일 뿐이다"는 말에 세뇌되어 모든 의심이 사라지자, 세상은 다시 평화롭게 보인다. 모든 것이 마음먹기 나름이라는 관념적 유심론의 세계로 들어가버리는 젊은이들을 보며 기득권을 쥔 권력자인 노인은 "평화로운 지금 세상이 마음에 들었다. 권력을 모두 내려놓고 이 세상을 등지기에는 아직 너무 일렀다. 방만석은 새로운 가족을 만들기 위해 서둘러 걸음을 옮겼다."

"젊은이들이여 새로운 세상을 열어젖히기 위하여 떨쳐 일어서라!"는 아지프로로 읽히는 이 소설은, 그럼으로 너무 노골적이라는 것이 두드러져 보이니, '게임'과 다른 것이 '소설'인 까닭이다. 권력자(방만석 노인)와 권력집단인 6인회 멤버들이 누리고 있는 권력의 구체적 내용들을 좀 더 사실적으로 보여줄 필요가 있지 않을까? '달콤한 권력'이라는 것은 아주 인간적으로 구체적인 것이므로. 우리 소설문학에서는 피해 대중의 삶에 대해서는 지겨울 만큼 속속들이 까밝히고 있지만, 억압자들이 대를 이어 누리고 있는 '즐겁고 흐뭇한 삶'에 대해서는 구체적으로 보여주는 것이 없다. 글 쓰는 이들 치고 그 세계를 맛본 사람이 없기 때문이라고 핑계만 댈 것인가?

배암의 발 한 마디. '어께에 둘러매고', '쓰러트리는' 같은 표현이 보이는데, 사소해 보이지만 죽어도 사소하지 않은 맞춤법들이니—그것을 쓰는 이가 '작가'를 지망하는 젊은이이기 때문에서이다.

「아버지의 인형」

18살 여고 2년생이 술로 세월을 보내며 가족들을 괴롭히는 아버지와, 자식에게 무관심하고 무기력하기만 한 엄마, 그리고 고 1인 여동생과 살아가며 겪게 되는 나날살이를 차분하게 가라앉은 문장으로 보여주고 있다.

주인공에게 삶이란 고통 그 자체이다. 그래서 정상적인 사람들이 있는 곳이라고 생각되는 학교로 가보지만 또한 마찬가지. 시험공부의 연속인 지옥일 뿐이다. 인간다운 삶이 있는 평범한 것들을 그리워하며, 어차피 세상은 다 이상한 모순투성이라고 절망하며, 그러나 어디로건 가긴 가야 한다는 18살 여고 2년생의 고통스러운 삶이 펼쳐지는데—

시시때때로 식구들에게 이유 없는 폭력을 가하는 '인간쓰레기' 같은 아버지 밑에서 사랑하는 자식이어서가 아니라 혼자서 남편을 감당할 수 없다는 이기적인 생각에서 자식들한테 집을 나가지 못하게 하며 조금만 더 참고 기다리자고 하던 무기력하기만 하던 엄마가 아버지를 목 졸라 죽여버리는 놀라운 일이 일어난다. 그러나 3분간 심정지 후 살아나서 바보가 되어 살아간다. 3년 징역을 살고 나온 엄마는 다시 옛날로 돌아가고 스물한 살 대학생이 된 주인공도 3년 전과 똑같이 아버지와 엄마가 만든 집 속에 갇혀 살아간다.

사람이라는 이름의 하늘 밑에 벌레가 어쩔 수 없이 살아갈 수밖에 없는 이 세상살이라는 이름의 쳇바퀴를 보여주고 있는 이 이야기는 그러므로 '사람은 왜 사는가?'를 묻는 날카로운 철학소설로 되고 있다. 자칫 지루할 수도 있는 저잣거리 장삼이사(張三李四)들 나날살이를 이끌어가는 솜씨가 만만치 않으니, 앞으로 좋은 소설을 쓸 수 있겠다는 기대를 갖게 한다. 거기서 한 발 더 나가지 못했다는 아쉬움이 있지만, 좋은 이야기꾼을 만났다는 느낌이다.

작가적 지속성에 대한 검토

전영태(문학평론가)

　심사위원들이 끝까지 선고의 대상으로 삼은 작품은 「고양이를 찾아드립니다」 「슈퍼문으로 가는 조랑말」 「결」 세 작품이다. 여기에 '당선작 없음'이라는 의견이 보태져 사지택일의 상황에서 심사숙고와 의견교환의 과정을 거쳐야 했다.

　우선 '당선작 없음'은 상금이 다음번으로 이행되어 누적된다고 할 때, 과연 그것에 걸맞은 중편소설을 뽑을 수 있을 것인가에 대한 의문이 제기되었다. 이외수 작가가 《세대》 중편문학상 출신이라서 특별히 마련한 이 공모전이 1회부터 '수상작 없음'으로 시작한다면, 모처럼 마련한 문학 잔치가 빛바랠 염려가 있어서 일단 당선작을 뽑기로 합의했다.

　「고양이를 찾아드립니다」는 묘사력이 뛰어난 문장으로 현실과 환상을 넘나드는 자유로운 스토리를 진행하는 점이 돋보인 작품이다. 현실과 환상의 교차에서 어색한 구성 때문에 이야기가 자연스럽게 연결되지 못한 것이 아쉽다. 오늘날 젊은 작가들의 소설적 어법에 매우 익숙해 있으면서도 완전히 젊거나 새롭지 않다는 점도 고려의 대상이 되었다. 고양이로 표상되는 알레고리를 소설적 상징으로 심화시켰다면 더 좋은 작품이 되었으리라 판단된다.

「슈퍼문으로 가는 조랑말」은 한국에서 삶의 벽에 부딪혀 호주로 이민을 떠나 그곳에서 다시 방황하는 삼십대 중반 여인의 방랑기이다. 이민 생활의 어려움 따위의 흔히 접하는 생활 수기가 아니라 내면의 표랑까지 내포한 본격적인 소설 작품이다. 이 작품에서 '포니'라는 한국 자동차가 중심 이미지로 설정되어 등장인물 각각을 이어주는 고리 역할을 한다. 문제는 이 '포니'가 그런 역할을 다채롭게 수행하는 고리로서 때로는 허술하게 작용한다는 사실이다. 그렇기 때문에 각각의 등장인물들이 긴밀한 연관성이 결여된 채 각자 따로 병치적으로 존재하여 의미의 구심점을 형성하지 못한다.

「고양이를…」과 「슈퍼문의…」는 소설작품으로서 충족과 결핍의 양면을 지니고 있어서, 취향과 평가 기준에 따라 어떤 작품을 우위에 놓을 것인가 결정하기 매우 어려웠다. 이 두 작품에 대한 제3의 선택으로 등장한 작품이 「결」이다.

「결」의 소설적 어법은 요즈음 소설의 그것과는 달리 매우 정통

적이다. 전위적 실험적 요소는 전혀 없다. 그럼에도 읽는 이를 붙드는 가독력을 듬뿍 담고 있는 작품이 「결」이다. 구태의연이라는 말을 듣는다고 해도, 구태에서 벗어나지는 못하지만 나의 소설의 길로 의연히 나아가겠다는 작가의 의지를 확인할 수 있다. '이외수문학상'을 수상하는 것이 대수가 아니라, 상을 타고 나서 지속적으로 소설의 길로 매진할 수 있는 작가인 것이 중요하다는 관점에서 이 작품을 당선작으로 뽑기로 어렵게 의견을 모았다. 이외수 작가가 이런 긴 행로를 보여주고 있는 소설가라는 점을 크게 고려했다.

소설을 많이 썼고 또 정성스럽게 쓴 흔적이 이 작품 곳곳에 잘 배어있다. 다만 지나친 사투리 어휘와 어업용어의 사용, 교훈적인 메시지 전달, 소설적 의미의 단순화 등의 문제가 있지만, 이런 것은 시정할 수 있으리라고 생각한다.

해양수산부가 다시 발족되었지만, 우리의 연근해 어민은 어업이라는 사양직종에 종사하면서 힘들게, 어렵게 살고 있다. 그들의 삶의 애환을 「결」만큼 잘 포착하고, 그들의 개인사를 공적인 역사와 연결시킨 작품은 찾아보기 힘들다. 수상을 계기로 배를 엎어 버리는 사고 없이 소설의 항로를 줄기차게 항해할 작가를 찾았다고 믿으면서, 이 작가의 처녀 항해에 힘찬 뱃고동소리 같은 격려의 말씀을 전한다.

작가에게 '트렌드'란 무엇인가

하성란(소설가)

당선작을 고르면서 '트렌드'에 대한 이야기를 나누었다. 트렌드와 가장 무관할 듯하지만 문학 또한 트렌드를 무시할 수 없기 때문이었다. 본심작들 대부분이 우리에게 너무도 익숙한 소설이었다. 익숙한 나머지 이제는 낡아버린 문장과 이야기들은, 왜 이 소설을 읽어야 하나, 라는 생각마저 들게 했다. 요즘 발표되는 소설들은 아예 관심도 없고 읽지도 않은 듯 보였다. 개인적으로 이런 고집은 작가로서의 의무 태만이라고 생각한다. 작가는 그 누구보다도 기민해야 하지 않을까. 좀더 젊은 작품을 읽고 싶었던 욕심도 결국은 같은 말일 것이다. 작가의 생물학적 나이를 말하는 것이 아니다. 문학상의 대상이 신인인 만큼 신인만의 패기도 보고 싶었다.

「슈퍼문으로 가는 조랑말」「고양이를 찾아드립니다」「결」세 편
으로 압축이 되었다.

1976년 포니 자동차 다섯 대가 우리나라 최초로 에콰도르에
수출되었다. 그곳의 한인이 그 중 한 대를 구입했고 그가 다시 호
주로 이민을 갈 때 포니를 가져갔다는 설정이 흥미로웠던 「슈퍼
문으로 가는 조랑말」. 소설의 주인공은 독감으로 아이를 잃고 남
편과 헤어진 뒤 호주로 이민을 온다. 호주엔 그녀보다 앞서 이민
을 와서 자리를 잡은 '수'라는 여자친구가 있다. 포니는 우리에게
한 회사의 자동차라는 의미를 넘어 한 시대를 반영하는 상징물
로 자리 잡고 있다. 그 포니가 수십 년 이국땅을 돌며 겪은 역정
은 굳이 설명하지 않아도 감정이입되는 부분인데, 소설 속에서는
너무도 자주 그 의미를 부각하려는 흔적이 엿보였다. 이민자들의
소소한 일상에 좀더 주의를 기울였다면 그곳으로 내몰릴 수밖에
없는 인물들의 심리는 물론이고 낡은 포니의 이미지까지 돌올하
게 살아올랐을 것이다.

세 편 중 단연 「고양이를 찾아드립니다」가 '트렌디'했다. 뚜렷한
목표 없는 젊은이들의 일상이 어떤 과장도 없이 잘 그려져 있다.
그 때문에 꿈 없는 세대의 현실은 물론 불안한 미래가 절실하게
다가온다. 길고양이는 이미 트렌드를 넘어 우리의 일상이 된 지
오래인데 그 길고양이의 모습에 노숙자들의 모습을 덧씌운 것도
좋았다. 그런데 왜 작가는 그들의 일상을 그대로 밀어붙이지 않
고 느닷없이 환상을 끌어들인 것일까. 노숙자가 사실 고양이였다

는 설정 이후부터 결말까지 글의 진행도 후닥닥 마무리된 느낌이었다. 아무래도 이 작가에게 시간이 부족했다는 생각이 들었다.

남은 한 작품 「결」을 두고 한참 이야기가 오갔다. 세 작품 중 가장 안정적인 만큼 가장 익숙하다는 것이 흠이었다. 오랜만에 만난 세 친구가 안주를 마련할 겸 바다가 나갔다가 배가 뒤집히는 사고를 당한다. 뒤집힌 배 밑바닥에 간신히 몸을 의지하고 그들을 구조하러 올 섬의 한 친구를 기다린다. 결말을 읽지 않고도 결국 그 셋이 구조가 될 거라는 짐작이 가능했던 것은 이 이야기가 우리가 많이 읽은 익숙한 구조로 씌어졌기 때문일 것이다. 이야기는 친구 네 사람의 과거 회상으로 흐른다. 살아서 맛을 더하는 재미있는 대사에도 불구하고 이야기가 지루해질 뻔한 것도 이 구조 때문이다. 아무래도 뒤집힌 배 위에 갇힌 사람들이라는 설정 때문인 듯하다.

고민 끝에 「결」을 당선작으로 결정했다. 작가가 오랫동안 소설에 대한 열정을 가지고 습작해왔다는 것을 의심할 여지가 없었기 때문이었다. 새롭고 트렌디한 작품을 찾았지만 역시 '결'에서는 묵직한 사유가 주는 문장들을 발견할 수 있었다.

그럼에도 불구하고 다음 작품에서는 좀더 트렌디한 면이 엿보이기를 바랄 뿐이다. 당선자에게 축하의 말씀을 다음을 기약하게 된 분들에게는 위로의 말씀을 전한다.

소년의 꿈, 상쾌이를 잡다

초등학교 오학년 때, 아프리카의 '라스팔마스'라는 곳에 원양을 갔던 아버지가 귀국하면서 책 몇 권을 사다주셨습니다. 『노틀담의 곱추』 『장발장』 『셰익스피어 4대 비극』 『죄와 벌』 같은 것들이었는데, 그 이국의 이야기들을 읽으며 섬소년은 문학의 꿈을 꾸기 시작했습니다. 그때부터 소년은 문학이라는 '상쾌이'를 잡겠다고 갯바위에서 첨대를 드리웠습니다. 삼치잡이 유자망이나 멸치잡이 낭장망에 가끔씩 상쾌이가 걸려들기는 하지만, 일 년에 한 번 '군민의 날' 뗏마를 타고 읍에 가다 보면, 뗏마 주변으로 상쾌이들이 떼를 지어 물멱질을 하기도 하지만, 그러나 상쾌이는 절대 낚시로 잡을 수 있는 고기가 아닙니다. 더더구나 갯바위에서 첨대로는 천년을 기다려도 불가능한 일입니다. 그것을 뻔히

181

알면서도 소년은 낚시질을 계속했습니다. 소년은 자신의 꿈을 낚아야 했기 때문입니다.

몇 번이나 이깝을 갈아 끼워도, 이리저리 장소를 옮겨보아도, 상쾌이는 입질도 안 했습니다. 그러는 사이 해는 머리꼭지를 지나 서쪽 계단을 걸어내리기 시작했습니다. 소년은 점점 지쳐 갔습니다. 상쾌이는 역시 내 것이 될 수 없는갑구나, 상쾌이는 결코 내가 낚을 수 있는 꿈이 아니구나, 생각하며 그만 첨대를 거두려는 정나절 어름, 첨대꼬작이 부러질 듯 깊게 휘었습니다. 전해오는 손맛이 볼락이나 용치놀래기는 아니었고, 그렇다고 참돔이나 감성돔의 느낌도 아니었고, 금방이라도 차고 들어갈 정도로 겁나게 묵직한 게 아무래도 상쾌이 같았습니다. 소년은 두어 시간을 실래기친 끝에 어찌어찌 그것을 물 위로 끌어올렸습니다. 상쾌이였습니다. 영락없이 고래만 한 상쾌이가 낚수에 문 것입니다. 소년이 갯바위에서 첨대로 상쾌이를 잡은 것입니다. 기어코 상쾌이의 꿈을 낚아올린 것입니다. 그런 기적 같은 일이 소년에게 일어나 있는 것입니다.

청정의 바다에 상쾌이를 빠쳐주신 '대상'의 명형섭 사장님과 상쾌이를 몰이해 주신 심사위원님들께 감사의 인사를 올립니다. 상쾌이가 못 도망치게 꽉 붙잡고 있어 준 사랑하는 내 동생 혁진이와, 상쾌이를 낚수에 꿰어주신 우리 함마이께, 그리고 첨대를 마련해주신 부모님께 이 상을 바칩니다. 당신은 잡을 수 있다며 끝까지 격려해 준 아내와, 아빠를 믿어 준 애들의 자리도 그 곁에 놓습니다. 저를 스쳤던 그 많은 사람들, 하늘의 별과 달, 땅의 나무와 풀과 새들, 그리고 내 고향 청산도와 그 앞에 펼쳐진 바다와 거기에 떠 있는 섬들, 그것들을 스쳤던 바람에게도 상쾌이의 소식을 전합니다. 부지런히 써서 소설의 밑을 보겠다는 다짐으로 길 떠나는 자의 각오를 대신합니다.

정택진

뱀발

이 영광스런 상을 받으면서 특별히 고마운 두 분이 있어 뱀발을 답니다.

저는 '금오공업고등학교'를 나왔습니다. 삼 년 동안 전액 국비로 공부하는 대신 졸업 후 오 년을 하사관으로 복무해야 하는 학교였습니다. 젊은 날의 꿈으로 가득 차 있어야 할 스무살에, 내일에의 희망으로 가슴 부풀어야 할 그 나이에, 이마빡에 깔쿠리 하사 계급장을 단 저는 떠블빽을 메고 군용열차를 타야 했습니다.

그 오 년의 군대생활을 견디게 한 게 소설이었습니다. 점호가 끝나고 소등까지 하고 나면, 모포 속에서 손전등을 켜고 소설을 읽었습니다. 연필로 밑금을 그어가며, 때로는 공책에 문장을 옮겨 적으며, 책의 귀가 나달나달해질 정도로 읽었던 책이 한 권 있습니다. 세로 편집에, 표지가 빨간 책이었는데, '병 속의 새'를 꺼내기 위해 고뇌하고 절망하는 '법운'과 '지산'의 이야기였습니다. '하루에도 사만팔천 번씩 절망하는' 그들을 보며, 내 젊은 날의 절망이 하냥 허망하고 부질없지만은 않다는 생각을 했습니다. 그『만다라』를 쓰신 김성동 선생님께서 이참에 제「결」에 무늬 하나를 찍어주셨습니다. 선생님께 다시 한 번 감사의 말씀 올립니다.

군대 갔다 오신 분들은 아시겠지만, 군대에 신문이라고는《전우신문》밖에 없습니다. 군대와 관련된 거의 모든 것이 그러하듯,《전우신문》역시 전우들과 함께 보는 신문이어선지 남자들의 '군대 축구 이야기'처럼 따분하고 재미가 없습니다. 사제신문이라도 한번 볼라치면 행정반에 가야 했는데, 졸병들이나 신삥하사에게는 어림없는 일이고, 낼모레 제대할 고참 병장은 되어야, 하사들은 너덧 달 짬밥은 먹어야 가능했습니다. 당일 치도 아니고, 일주일 치나 보름 치를 한꺼번에 보는 것이었는데, 신문이라야《그저그런일보》였겠습니다만, 그것이라도 얼마나 감지이고 덕지였겠습니까.

사제신문 4면 하단에 책광고가 실렸었는데, 거기에 유난히 볼가진 사진 하나도 곁들여졌었습니다. 중학교 때의 가시내들 단발머리보다 더 치렁치렁한 머리의 사내였는데, 그 긴 머리를 서너 달은 안 감았는지 머릿결이 마치 미친년 덩덕새머리처럼 떡이 져 있었습니다. 옆으로 비껴 찍은 모습이었는데, 언뜻 보면 그것은 사람이 아니고 개 같았습니다. 개도 그냥 개가 아니고, 한 열흘

184

쯤 굵은 채 산이나 들을 장치고 다니다가, 어느 언덕빼기나 산등성이에 올라서서 밤하늘의 달을 처다보며, 배가 고프다고, 배가 고파 금방 죽겠다고 울부짖는 들개 같았습니다. 지금이야 알파치노보다 더한 주름이, 칠팔월 가뭄에 갈라진 논바닥처럼 이리 째긋 저리 찌긋 맥대로 이마를 긋고 있습니다만, 밤하늘에 송편처럼 떠 있는 반달을 우러르며, '삼립빵'처럼 떠 있는 온달을 처다보며, 허기지다고, 허기가 져 죽겠다고 울부짖던 들개 같은 야생의 한 시절이 그 사내에게도 있었던 모양입니다.

전봇대가 어떻고, 떡볶이가 어떻고로 시작되는 『들개』라는 소설이었는데, 나중에 그 사내가 시도 쓴다는 것을 알았습니다. 어찌어찌 몇 편을 구해, 어둠이 절망으로 덮인 점호 후의 산꼭대기에서, 멀리 희망처럼 흐르는 고속도로의 불빛을 바라보며, 그 불빛 되어 세상으로 흐를 수 없는 청춘을 울어보는 것이었습니다. 그때 어둠속에서 읊조렸던 시 한 편 낭송하는 것으로 들개 같던 그 사내에 대한 고마움을 갈음하겠습니다.

풀꽃·술잔·나비

이 외 수

그대는 이 나라 어디 언덕에
그리운 풀꽃으로 흔들리느냐
오늘은 네 곁으로 바람이 불고

빈 마음 여기 홀로 술 한 잔을 마신다
이 나라 어두움도 모두 마신다

나는 나는 이 깊은 겨울
한 마리 벌레처럼 잠을 자면서
어느 봄날 은혜의 날개를 달고
한 마리 나비 되는 꿈을 꾸면서
이 밤을 돌아앉아 촛불을 켠다

그대는 이 나라 어디 언덕에
그리운 풀꽃으로 흔들리느냐
오늘은 네 곁으로 바람이 불고
빈 마음 여기 홀로 술을 마신다
(네 슬픔도 내 슬픔도 모두 마신다)

결

초판 1쇄 2013년 12월 30일

지은이 | 정택진
펴낸이 | 송영석

편집장 | 이진숙 · 이혜진
기획편집 | 박신애 · 박은영 · 한지혜 · 서희정 · 이수정
디자인 | 박윤정 · 김현철
마케팅 | 이종우 · 허성권 · 김유종
관리 | 송우석 · 황규성 · 전지연 · 황지현 · 한승민

펴낸곳 | (株)해냄출판사
등록번호 | 제10-229호
등록일자 | 1988년 5월 11일(설립연도 | 1983년 6월 24일)

121-893 서울시 마포구 잔다리로 30(서교동 368-4) 해냄빌딩 5 · 6층
대표전화 | 326-1600 **팩스** | 326-1624
홈페이지 | www.hainaim.com

ISBN 978-89-6574-432-0

파본은 본사나 구입하신 서점에서 교환하여 드립니다.

.